〔唐〕白居易 著

白居易詩選

廣陵書社
中國·揚州

圖書在版編目（CIP）數據

白居易詩選 / (唐) 白居易著. -- 揚州 : 廣陵書社, 2019.1 (2020.8 重印)
(經典國學讀本)
ISBN 978-7-5554-1162-8

Ⅰ. ①白… Ⅱ. ①白… Ⅲ. ①唐詩－詩集 Ⅳ. ①I222.742

中國版本圖書館CIP數據核字(2018)第281539號

書　　名　白居易詩選
著　　者　〔唐〕白居易
責任編輯　顧寅森
出 版 人　曾學文
裝幀設計　鴻儒文軒

出版發行　廣陵書社
揚州市維揚路 349 號　郵編:225009
(0514) 85228081(總編辦)　85228088(發行部)
http://www.yzglpub.com　E-mail:yzglss@163.com
印　　刷　三河市華東印刷有限公司

開　　本　880 毫米 × 1230 毫米　1/32
印　　張　7
字　　數　80 千字
版　　次　2019 年 1 月第 1 版
印　　次　2020 年 8 月第 2 次印刷
書　　號　ISBN 978-7-5554-1162-8
定　　價　38.00 圓

編輯説明

自上世紀九十年代始，我社陸續編輯出版一套綫裝本中華傳統文化普及讀物，名爲《文華叢書》。編者孜孜矻矻，兀兀窮年，歷經二十載，聚爲上百種，集腋成裘，蔚爲可觀。叢書以内容經典、形式古雅、編校精審，深受讀者歡迎，不少品種已不斷重印，常銷常新。

國學經典，百讀不厭，其中藴含的生活情趣、生命哲理、人生智慧，以及家國情懷、歷史經驗、宇宙真諦，令人回味無窮，啓迪至深。爲了方便讀者閲讀國學原典，更廣泛地普及傳統文化，特于《文華叢書》基礎上，重加編輯，推出《經典國學讀本》叢書。

本叢書甄選國學之基本典籍，萃精華于一編。以内容言，所選均爲家喻户曉的經典名著，涵蓋經史子集，包羅詩詞文賦、小品蒙書，琳琅滿目；以篇幅言，每種規模不大，或數種彙于一書，便于誦讀；以形式言，採用傳統版式，字大文簡，讀來令人賞心悦目；以編輯言，力求精擇良善版本，細加校勘，注重精讀原文，偶作簡明小注，或酌配古典版畫，體現編輯的匠心。

當下國學典籍的出版方興未艾，品質參差不齊。希望這套我社經年打造的品牌叢書，能爲讀者朋友閱讀經典提供真正的精善讀本。

廣陵書社編輯部

二〇一七年十二月

出版說明

白居易（七七二—八四六），字樂天，自號醉吟先生、香山居士。祖籍山西太原，生於河南新鄭。中唐時著名詩人、文學家，與元稹并稱『元白』，與劉禹錫并稱『劉白』，在中國文學史上負有盛名，影響深遠。

白居易出生於一個『世敦儒業』的中小官僚家庭，自幼讀書刻苦。貞元年間，擢進士第，補校書郎。元和年間，調盩厔尉、集賢校理。不久，召為翰林學士、左拾遺，拜贊善大夫。後以言事貶為江州司馬，曾官至太子少傅，以刑部尚書致仕。卒謚『文』，世稱白傅、白文公。

白居易的詩題材廣泛，形式多樣，語言平易通俗，有『詩魔』『詩王』之稱。他主張『文章合為時而著，歌詩合為事而作』，與元稹、張籍等人共同發起『新樂府運動』。他一生作詩很多，流傳下來的有將近三千首，主要分為諷喻詩、閑適詩、感傷詩、雜律詩四類，其中尤以諷喻詩和感傷詩最為著名。諷喻詩的代表作有《秦中吟》《樂府詩》等，這些詩作對當時社會上的諸多現實問題提出了比較系統的規諫之辭，是中國古典詩歌現實主義的典範之作。感傷詩中最為有名的是長篇敘事詩《長恨歌》和《琵琶行》。《長恨歌》形象描述了唐玄宗與楊貴妃之間的愛情悲劇，感染了千百年來的讀者，並且對後世的一些作品產生了重要的影響。《琵琶行》借敘述琵琶女的高超演藝及其凄凉身世，抒發了作者政治上受打擊、遭貶逐的抑鬱悲涼之情，寫人喻己，歌哭傷懷，具有不同尋常的藝術感染力。

對於白居易的文學成就，歷代評價較高。元稹對其推崇備至，認為其『諷喻之詩長於激，閒適之詩長於遺，感傷之詩長於切，五字律詩百言而上長於贍，五字、七字百言而下長於情』。唐宣宗曾作詩悼念他：『綴玉連珠六十年，誰教冥路作詩仙。浮雲不繫名居易，造化無爲字樂天。童子解吟《長恨》曲，胡兒能唱《琵琶》篇。文章已滿行人耳，一度思卿一愴然。』遼代的皇帝甚至親自將白居易的諷喻詩翻譯為契丹文字，命臣子們閱讀。

白居易作品曾於唐穆宗長慶年間編輯成書，名《白氏長慶集》，現有七十一卷。我社此次出版的《白居易詩選》，以《全唐詩》爲底本，參照《唐詩彙評》等通行本編輯而成。

廣陵書社編輯部

二〇一八年十一月

目録

賀雨

皇帝嗣寶曆，元和三年冬。

自冬及春暮，不雨旱爞爞。

爞爞（音蟲）：熱氣蒸騰的樣子。

上心念下民，懼歲成災凶。

遂下罪己詔，殷勤告萬邦。

帝曰予一人，繼天承祖宗。

憂勤不遑寧，夙夜心忡忡。

元年誅劉闢，一舉靖巴邛。

二年戮李錡，不戰安江東。

顧惟眇眇德，遽有巍巍功。

眇眇：微小。

或者天降沴，無乃儆予躬。

上思答天戒，下思致時邕。

莫如率其身，慈和與儉恭。

乃命罷進獻，乃命賑饑窮。

宥死降五刑，責己寬三農。

宮女出宣徽，厩馬減飛龍。

宣徽：古代妃嬪稱號。

庶政靡不舉，皆出自宸衷。

奔騰道路人，傴僂田野翁。

歡呼相告報，感泣涕霑胸。

順人人心悅，先天天意從。

詔下纔七日，和氣生沖融。

凝爲油油雲，散作習習風。

晝夜三日雨，淒淒復濛濛。

萬心春熙熙，百穀青芃芃。

芃芃（音朋）：生長旺盛。

人變愁爲喜，歲易儉爲豐。

乃知王者心，憂樂與衆同。

皇天與后土，所感無不通。

冠珮何鏘鏘，將相及王公。

蹈舞呼萬歲，列賀明庭中。

小臣誠愚陋，職忝金鑾宫。

稽首再三拜，一言獻天聰。

君以明爲聖，臣以直爲忠。

敢賀有其始，亦願有其終。

讀張籍古樂府

張君何爲者？業文三十春。
尤工樂府詩，舉代少其倫。
爲詩意如何？六義互鋪陳。
風雅比興外，未嘗著空文。
讀君學仙詩，可諷放佚君。放佚：放縱，放恣。
讀君董公詩，可誨貪暴臣。
讀君商女詩，可感悍婦仁。
讀君勤齊詩，可勸薄夫敦。
上可裨教化，舒之濟萬民。
下可理情性，卷之善一身。

始從青衿歲，迨此白髮新。

青衿：學子之服。後指代讀書人。

日夜秉筆吟，心苦力亦勤。

時無采詩官，委棄如泥塵。

恐君百歲後，滅没人不聞。

願藏中秘書，百代不湮淪。

願播内樂府，時得聞至尊。

言者志之苗，行者文之根。

所以讀君詩，亦知君爲人。

如何欲五十，官小身賤貧。

病眼街西住，無人行到門。

凶宅

長安多大宅，列在街西東。
往往朱門内，房廊相對空。
梟鳴松桂樹，狐藏蘭菊叢。
蒼苔黄葉地，日暮多旋風。
前主爲將相，得罪竄巴庸。
後主爲公卿，寢疾歿其中。
連延四五主，殃禍繼相鍾。
自從十年來，不利主人翁。
風雨壞檐隙，蛇鼠穿墻墉。
人疑不敢買，日毁土木功。
嗟嗟俗人心，甚矣其愚蒙。

但恐災將至，不思禍所從。
我今題此詩，欲悟迷者胸。
凡爲大官人，年祿多高崇。
權重持難久，位高勢易窮。
驕者物之盈，老者數之終。
四者如寇盜，日夜來相攻。
假使居吉土，孰能保其躬？
因小以明大，借家可喻邦。
周秦宅殽函，其宅非不同。
一興八百年，一死望夷宮。

望夷宮：秦時宮名。

寄語家與國，人凶非宅凶。

觀刈表

田家少閑月，五月人倍忙。
夜來南風起，小麥覆隴黄。
婦姑荷簞食，童稚携壺漿。
相隨餉田去，丁壯在南岡。
足蒸暑土氣，背灼炎天光。
力盡不知熱，但惜夏日長。
復有貧婦人，抱子在其傍。
右手秉遺穗，左臂懸敝筐。
聽其相顧言，聞者爲悲傷。
家田輸税盡，拾此充飢腸。

今我何功德？曾不事農桑。
吏祿三百石，歲晏有餘糧。
念此私自愧，盡日不能忘。

李都尉古劍

古劍寒黯黯，鑄來幾千秋。
白光納日月，紫氣排斗牛。

斗牛：二十八宿中的斗宿和牛宿。

有客借一觀，愛之不敢求。
湛然玉匣中，秋水澄不流。
至寶有本性，精剛無與儔。
可使寸寸折，不能繞指柔。
願快直士心，將斷佞臣頭。

不願報小怨，夜半刺私仇。
勸君慎所用，無作神兵羞。

雲居寺孤桐

一株青玉立，千葉緑雲委。
亭亭五丈餘，高意猶未已。
山僧年九十，清净老不死。
自云手種時，一棵青桐子。
直從萌芽拔，高自毫末始。
四面無附枝，中心有通理。
寄言立身者，孤直當如此。

贈元稹

自我從宦游，七年在長安。
所得惟元君，乃知定交難。
豈無山上苗，徑寸無歲寒。
豈無要津水，咫尺有波瀾。
之子異於是，久處誓不諼。
無波古井水，有節秋竹竿。
一爲同心友，三及芳歲闌。

闌：一作『蘭』。

花下鞍馬游，雪中杯酒歡。
衡門相逢迎，不具帶與冠。
春風日高睡，秋月夜深看。
不爲同登科，不爲同署官。

所合在方寸，心源無異端。

雜興三首（其一）

楚王多内寵，傾國選嬪妃。
又愛從禽樂，馳騁每相隨。
錦韝臂花隼，羅袂控金羈。
遂習宫中女，皆如馬上兒。
色禽合爲荒，刑政兩已衰。
雲夢春仍獵，章華夜不歸。
東風二月天，春雁正離離。
美人挾銀鏑，一發疊雙飛。
飛鴻驚斷行，斂翅避蛾眉。

雲夢：澤名。

離離：紛繁的樣子。

君王顧之笑，弓箭生光輝。
迴眸語君曰：昔聞莊王時，
有一愚夫人，其名曰樊姬，
不有此游樂，三載斷鮮肥。

宿紫閣山北村

晨游紫閣峰，暮宿山下村。
村老見余喜，爲余開一尊。
舉杯未及飲，暴卒來入門。
紫衣挾刀斧，草草十餘人。
奪我席上酒，掣我盤中餐。
主人退後立，斂手反如賓。

中庭有奇樹，種來三十春。
主人惜不得，持斧斷其根。
口稱采造家，身屬神策軍。神策：唐代禁衛軍名。
主人慎勿語，中尉正承恩。

折劍頭

拾得折劍頭，不知折之由。
一握青蛇尾，數寸碧峰頭。
疑是斬鯨鯢，不然刺蛟虬。
缺落泥土中，委棄無人收。
我有鄙介性，好剛不好柔。
勿輕直折劍，猶勝曲全鈎。

登樂游園望

獨上樂游園，四望天日曛。
東北何靄靄，宮闕入烟雲。
靄靄：烟雲密布的樣子。
愛此高處立，忽如遺垢氛。
垢氛：指濁氣。
耳目暫清曠，懷抱鬱不伸。
下視十二街，緑樹間紅塵。
車馬徒滿眼，不見心所親。
孔生死洛陽，元九謫荆門。
可憐南北路，高蓋者何人。

感鶴

鶴有不群者，飛飛在野田。

飢不啄腐鼠，渴不飲盜泉。
貞姿自耿介，雜鳥何翩翾。翩翾：飛得輕快但不高遠。
同游不同志，如此十餘年。
一興嗜欲念，遂爲矰繳牽。矰繳：繫着絲繩射鳥用的短箭。
委質小池內，争食群鷄前。
不惟懷稻粱，兼亦競腥膻。
不惟戀主人，兼亦狎烏鳶。
物心不可知，天性有時遷。
一飽尚如此，况乘大夫軒。

贈内

生爲同室親，死爲同穴塵。

他人尚相勉，而況我與君。
黔婁固窮士，妻賢忘其貧。
冀缺一農夫，妻敬儼如賓。
陶潛不營生，翟氏自爨薪。
梁鴻不肯仕，孟光甘布裙。
君雖不讀書，此事耳亦聞。
至此千載後，傳是何如人。
人生未死間，不能忘其身。
所須者衣食，不過飽與溫。
蔬食足充飢，何必膏粱珍。
繒絮足禦寒，何必錦綉文。

君家有貽訓，清白遺子孫。
我亦貞苦士，與君新結婚。
庶保貧與素，偕老同欣欣。

欣欣：喜樂自得的樣子。

寄唐生

賈誼哭時事，阮籍哭路岐。
唐生今亦哭，異代同其悲。
唐生者何人？五十寒且飢。
不悲口無食，不悲身無衣。
所悲忠與義，悲甚則哭之。
太尉擊賊日，尚書叱盜時。
大夫死凶寇，諫議謫蠻夷。

每見如此事，聲發涕輒隨。
往往聞其風，俗士猶或非。
憐君頭半白，其志竟不衰。
我亦君之徒，鬱鬱何所爲？
不能發聲哭，轉作樂府詩。
篇篇無空文，句句必盡規。
功高虞人箴，痛甚騷人辭。
非求宫律高，不務文字奇。
惟歌生民病，願得天子知。
未得天子知，甘受時人嗤。
藥良氣味苦，琴澹音聲稀。

不懼權豪怒，亦任親朋譏。
人竟無奈何，呼作狂男兒。
每逢群盗息，或遇雲霧披。
但自高聲歌，庶幾天聽卑。
歌哭雖異名，所感則同歸。
寄君三十章，與君爲哭詞。

傷唐衢二首（其二）

憶昨元和初，忝備諫官位。
是時兵革後，生民正憔悴。
但傷民病痛，不識時忌諱。
遂作秦中吟，一吟悲一事。

貴人皆怪怒，閑人亦非訾。
天高未及聞，荊棘生滿地。
惟有唐衢見，知我平生志。
一讀興嘆嗟，再吟垂涕泗。
因和三十韵，手題遠緘寄。
致吾陳杜間，賞愛非常意。
此人無復見，此詩猶可貴。
今日開篋看，蠹魚損文字。

蠹魚：一種蛀蝕衣物、書籍的小蟲。

不知何處葬，欲問先歔欷。
終去哭墳前，還君一掬淚。

采地黃者

麥死春不雨，禾損秋早霜。
歲晏無口食，田中采地黄。
采之將何用？持以易餱糧。
凌晨荷鋤去，薄暮不盈筐。
携來朱門家，賣與白面郎。
與君啖肥馬，可使照地光。
願易馬殘粟，救此苦飢腸。

村居苦寒

八年十二月，五日雪紛紛。
竹柏皆凍死，况彼無衣民！
回觀村閭間，十室八九貧。

北風利如劍，布絮不蔽身。
唯燒蒿棘火，愁坐夜待晨。
乃知大寒歲，農者尤苦辛。
顧我當此日，草堂深掩門。
褐裘覆絁被，坐臥有餘温。
幸免飢凍苦，又無壟畝勤。
念彼深可愧，自問是何人。

絁（音施）：粗綢。

新製布裘

桂布白似雪，吴綿軟于雲。
布重綿且厚，爲裘有餘温。
朝擁坐至暮，夜覆眠達晨。

誰知嚴冬月，支體暖如春。
中夕忽有念，撫裘起逡巡。
丈夫貴兼濟，豈獨善一身。
安得萬里裘，蓋裹周四垠？
穩暖皆如我，天下無寒人。

秦中吟十首并序（選六首）

貞元、元和之際，予在長安，聞見之間，有足悲者。因直歌其事，命爲《秦中吟》。

重賦

厚地植桑麻，所要濟生民。
生民理布帛，所求活一身。

身外充征賦，上以奉君親。

國家定兩税，本意在愛人。

厥初防其淫，明敕内外臣：

税外加一物，皆以枉法論。

奈何歲月久，貪吏得因循。

浚我以求寵，斂索無冬春。

織絹未成匹，繅絲未盈斤。

里胥迫我納，不許暫逡巡。

逡巡：遲疑徘徊、欲行又止的樣子。

歲暮天地閉，陰風生破村。

夜深烟火盡，霰雪白紛紛。

幼者形不蔽，老者體無温。

悲喘與寒氣，并入鼻中辛。
昨日輸殘稅，因窺官庫門：
繒帛如山積，絲絮如雲屯。
號爲羨餘物，隨月獻至尊。
奪我身上暖，買爾眼前恩。
進入瓊林庫，歲久化爲塵！

傷宅

誰家起甲第，朱門大道邊。
豐屋中櫛比，高墻外迴環。
櫛比：形容細密而齊整。
纍纍六七堂，棟宇相連延。
一堂費百萬，鬱鬱起青烟。

洞房温且清，寒暑不能干。
高堂虛且迥，坐卧見南山。
繞廊紫藤架，夾砌紅藥欄。
攀枝摘櫻桃，帶花移牡丹。
主人此中坐，十載爲大官。
厨有臭敗肉，庫有貫朽錢。
誰能將我語，問爾骨肉間：
豈無窮賤者，忍不救飢寒？
如何奉一身，直欲保千年？
不見馬家宅，今作奉誠園。

傷友

陋巷孤寒士，出門苦恓恓。
恓恓：孤寂的樣子。

雖云志氣高，豈免顏色低。

平生同門友，通籍在金閨。

曩者膠漆契，邇來雲雨睽。

正逢下朝歸，軒騎五門西。

是時天久陰，三日雨凄凄。

蹇驢避路立，肥馬當風嘶。

迴頭忘相識，占道上沙堤。

昔年洛陽社，貧賤相提携。

今日長安道，對面隔雲泥。

近日多如此，非君獨慘悽。

死生不變者，唯聞任與黎。

輕肥

意氣驕滿路，鞍馬光照塵。
借問何爲者，人稱是内臣。
朱紱皆大夫，紫綬或將軍。
誇赴軍中宴，走馬去如雲。
尊罍溢九醞，水陸羅八珍。
果擘洞庭橘，膾切天池鱗。
食飽心自若，酒酣氣益振。
是歲江南旱，衢州人食人！

歌舞

秦中歲云暮，大雪滿皇州。
雪中退朝者，朱紫盡公侯。
貴有風雪興，富無飢寒憂。
所營唯第宅，所務在追游。
朱門車馬客，紅燭歌舞樓。
歡酣促密坐，醉暖脱重裘。
秋官爲主人，廷尉居上頭。　秋官：後世多習稱刑部爲秋官。
日中爲一樂，夜半不能休。
豈知閿鄉獄，中有凍死囚！　閿（音聞）鄉：舊縣名，在河南。

買花

帝城春欲暮，喧喧車馬度。　喧喧：形容聲音嘈雜。

共道牡丹時，相隨買花去。
貴賤無常價，酬直看花數。
灼灼百朵紅，戔戔五束素。
上張幄幕庇，旁織巴籬護。
水灑復泥封，移來色如故。
家家習爲俗，人人迷不悟。
有一田舍翁，偶來買花處。
低頭獨長嘆，此嘆無人喻。
一叢深色花，十户中人賦。

有木詩八首 并序（選二首）

余嘗讀《漢書·列傳》，見佞順㛹嫛，圖身忘國，如張禹輩者。見惑上蠱下，交亂君親，如江充輩者。見暴狠跋扈，壅君樹黨，如梁冀輩者。見色仁行違，先德後賊，如王莽輩者。又見外狀恢弘，中無實用者。又見附離權勢，隨之覆亡者。其初皆有動人之才，足以惑衆媚主，莫不合于始而敗于終也。因引風人、騷人之興，賦《有木》八章，不獨諷前人，欲儆後代爾。

其七

有木名凌霄，擢秀非孤標。擢（音灼）：挺拔。

偶依一株樹，遂抽百尺條。

託根附樹身，開花寄樹梢。

自謂得其勢，無因有動摇。

一旦樹摧倒，獨立暫飄飖。
疾風從東起，吹折不終朝。
朝爲拂雲花，暮爲委地樵。
寄言立身者，勿學柔弱苗。

其八

有木名丹桂，四時香馥馥。
花團夜雪明，葉剪春雲綠。
風影清似水，霜枝冷如玉。
獨占小山幽，不容凡鳥宿。
匠人愛芳直，裁截爲厦屋。
幹細力未成，用之君自速。

重任雖大過，直心終不曲。

縱非梁棟材，猶勝尋常木。

新樂府并序（選二十四首）

序曰：凡九千二百五十二言，斷爲五十篇。篇無定句，句無定字，繫于意，不繫于文。首句標其目，卒章顯其志，《詩》三百之義也。其辭質而徑，欲見之者易喻也。其言直而切，欲聞之者深誡也。其事核而實，使采之者傳信也。其體順而肆，可以播于樂章歌曲也。總而言之，爲君、爲臣、爲民、爲物、爲事而作，不爲文而作也。

海漫漫　**戒求仙也**

海漫漫，直下無底傍無邊。
雲濤烟浪最深處，人傳中有三神山。
山上多生不死藥，服之羽化爲天仙。
秦皇漢武信此語，方士年年采藥去。
蓬萊今古但聞名，烟水茫茫無覓處。
海漫漫，風浩浩，眼穿不見蓬萊島。
不見蓬萊不敢歸，童男丱女舟中老。
徐福文成多誑誕，上元太一虛祈禱。
君看驪山頂上茂陵頭，畢竟悲風吹蔓草。
何況玄元聖祖五千言，不言藥，不言仙，
不言白日升青天。

上陽白髮人　愍怨曠也

天寶五載已後，楊貴妃專寵，後宫人無復進幸矣。六宫有美色者，輒置别所，上陽是其一也。貞元中尚存焉。

上陽人，紅顏暗老白髮新。
緑衣監使守宫門，一閉上陽多少春。
玄宗末歲初選入，入時十六今六十。
同時采擇百餘人，零落年深殘此身。
憶昔吞悲别親族，扶入車中不教哭。
皆云入内便承恩，臉似芙蓉胸似玉。
未容君王得見面，已被楊妃遥側目。

妒令潛配上陽宮，一生遂向空房宿。
宿空房，秋夜長，夜長無寐天不明。
耿耿殘燈背壁影，蕭蕭暗雨打窗聲。

耿耿：明亮。

春日遲，日遲獨坐天難暮。
宮鶯百囀愁厭聞，梁燕雙栖老休妒。
鶯歸燕去長悄然，春往秋來不記年。
唯向深宮望明月，東西四五百迴圓。
今日宮中年最老，大家遙賜尚書號。
小頭鞋履窄衣裳，青黛點眉眉細長。
外人不見見應笑，天寶末年時世妝。
上陽人，苦最多。少亦苦，老亦苦。

少苦老苦兩如何？

君不見昔時呂向《美人賦》，

又不見今日上陽白髮歌。

新豐折臂翁　戒邊功也

新豐老翁八十八，頭鬢眉鬚皆似雪。

玄孫扶向店前行，左臂憑肩右臂折。

問翁臂折來幾年，兼問致折何因緣。

翁云貫屬新豐縣，生逢聖代無征戰。

慣聽梨園歌管聲，不識旗槍與弓箭。

梨園：劇場。

無何天寶大徵兵，户有三丁點一丁。

點得驅將何處去？五月萬里雲南行。

聞道雲南有瀘水，椒花落時瘴烟起。
大軍徒涉水如湯，未過十人二三死。
村南村北哭聲哀，兒别爺娘夫别妻。
皆云前後徵蠻者，千萬人行無一迴。
是時翁年二十四，兵部牒中有名字。
夜深不敢使人知，偷將大石搥折臂。
張弓簸旗俱不堪，從茲始免征雲南。
骨碎筋傷非不苦，且圖揀退歸鄉土。
此臂折來六十年，一肢雖廢一身全。
至今風雨陰寒夜，直到天明痛不眠。
痛不眠，終不悔，且喜老身今獨在。

不然當時瀘水頭，身死魂孤骨不收。
應作雲南望鄉鬼，萬人冢上哭呦呦。
老人言，君聽取。君不聞開元宰相宋開府，
不賞邊功防黷武。
又不聞天寶宰相楊國忠，欲求恩幸立邊功。
邊功未立生人怨，請問新豐折臂翁。

太行路　借夫婦以諷君臣之不終也

太行之路能摧車，若比人心是坦途。
巫峽之水能覆舟，若比人心是安流。
人心好惡苦不常，好生毛羽惡生瘡。
與君結髮未五載，豈期牛女爲參商。

牛女：指牛郎、織女。

古稱色衰相棄背，當時美人猶怨悔。

何況如今鸞鏡中，妾顏未改君心改。

爲君熏衣裳，君聞蘭麝不馨香。

爲君盛容飾，君看金翠無顏色。

行路難，難重陳。

人生莫作婦人身，百年苦樂由他人。

行路難，難于山，險于水。

不獨人間夫與妻，近代君臣亦如此。

君不見左納言，右納史。朝承恩，暮賜死。

行路難，不在水，不在山，只在人情反覆間！

道州民　美臣遇明主也

道州民，多侏儒，長者不過三尺餘。
市作矮奴年進送，號爲道州任土貢。
任土貢，寧若斯？不聞使人生別離，
老翁哭孫母哭兒。
一自陽城來守郡，不進矮奴頻詔問。
城云臣按六典書，任土貢有不貢無。
道州水土所生者，只有矮民無矮奴。
吾君感悟璽書下，歲貢矮奴宜悉罷。
道州民，老者幼者何欣欣。
父兄子弟始相保，從此得作良人身。
道州民，民到于今受其賜，

欲説使君先下淚。

仍恐兒孫忘使君，生男多以陽爲字。

縛戎人　達窮民之情也

縛戎人，縛戎人，耳穿面破驅入秦。

天子矜憐不忍殺，詔徙東南吴與越。

黄衣小使録姓名，領出長安乘遞行。

身被金創面多瘠，扶病徒行日一驛。

朝餐飢渴費杯盤，夜卧腥臊污床席。

忽逢江水憶交河，垂手齊聲嗚咽歌。

其中一虜語諸虜，爾苦非多我苦多。

同伴行人因借問，欲説喉中氣憤憤。

憤憤：憤恨不平的樣子。

自云鄉管本凉原，大曆年中没落蕃。
一落蕃中四十載，遣著皮裘繫毛帶。
唯許正朝服漢儀，斂衣整巾潛淚垂。
誓心密定歸鄉計，不使蕃中妻子知。
暗思幸有殘筋力，更恐年衰歸不得。
蕃候嚴兵鳥不飛，脱身冒死奔逃歸。
晝伏宵行經大漠，雲陰月黑風沙惡。
驚藏青冢寒草疏，偷渡黄河夜冰薄。
忽聞漢軍鼙鼓聲，路傍走出再拜迎。
游騎不聽能漢語，將軍遂縛作蕃生。
配向東南卑濕地，定無存恤空防備。

念此吞聲仰訴天，若爲辛苦度殘年。
涼原鄉井不得見，胡地妻兒虚棄捐。
没蕃被囚思漢土，歸漢被劫爲蕃虜。
早知如此悔歸來，兩地寧如一處苦。
縛戎人，戎人之中我苦辛。
自古此冤應未有，漢心漢語吐蕃身。

青石　激忠烈也

青石出自藍田山，兼車運載來長安。
工人磨琢欲何用？石不能言我代言。
不願作人家墓前神道碣，墳土未乾名已滅。
不願作官家道旁德政碑，不鎸實録鎸虚辭。

願爲顔氏段氏碑，雕鏤太尉與太師。
刻此兩片堅貞質，狀彼二人忠烈姿。
義心如石屹不轉，死節如石確不移。
如觀奮擊朱泚日，似見叱訶希烈時。
朱泚、希烈：唐德宗時武將。
各于其上題名謚，一置高山一沈水。
陵谷雖遷碑獨存，骨化爲塵名不死。
長使不忠不烈臣，觀碑改節慕爲人。
慕爲人，勸事君。

兩朱閣　刺佛寺寖多也

兩朱閣，南北相對起。
借問何人家？貞元雙帝子。

帝子吹簫雙得仙，五雲飄飄飛上天。
第宅亭臺不將去，化爲佛寺在人間。
妝閣伎樓何寂靜，柳似舞腰池似鏡。
花落黄昏悄悄時，不聞歌吹聞鐘磬。
寺門敕牓金字書，尼院佛庭寬有餘。
青苔明月多閑地，比屋疲人無處居。
憶昨平陽宅初置，吞并平人幾家地？
仙去雙雙作梵宮，漸恐人間盡爲寺。

西凉伎　刺封疆之臣也

西凉伎，假面胡人假獅子。
刻木爲頭絲作尾，金鍍眼睛銀帖齒。

奮迅毛衣擺雙耳，如從流沙來萬里。
紫髯深目兩胡兒，鼓舞跳粱前致辭。
應似涼州未陷日，安西都護進來時。
須臾云得新消息，安西路絶歸不得。
泣向獅子涕雙垂，涼州陷没知不知？
獅子回頭向西望，哀吼一聲觀者悲。
貞元邊將愛此曲，醉坐笑看看不足。
娱賓犒士宴監軍，獅子胡兒長在目。
有一征夫年七十，見弄涼州低面泣。
泣罷斂手白將軍，主憂臣辱昔所聞。
自從天寶兵戈起，犬戎日夜吞西鄙。

涼州陷來四十年，河隴侵將七千里。河隴：指河西與隴右。

平時安西萬里疆，今日邊防在鳳翔。

緣邊空屯十萬卒，飽食温衣閑過日。

遺民腸斷在涼州，將卒相看無意收。

天子每思長痛惜，將軍欲説合慚羞。

奈何仍看西涼伎，取笑資歡無所愧。

縱無智力未能收，忍取西涼弄爲戲？

澗底松　念寒儁也

有松百尺大十圍，生在澗底寒且卑。

澗深山險人路絶，老死不逢工度之。

天子明堂欠梁木，此求彼有兩不知。

誰喻蒼蒼造物意，但與之材不與地。

金張世祿原憲貧，牛衣寒賤貂蟬貴。

貂蟬與牛衣，高下雖有殊。

高者未必賢，下者未必愚。

君不見沈沈海底生珊瑚，歷歷天上種白榆。

牡丹芳　美天子憂農也

牡丹芳，牡丹芳，黃金蕊綻紅玉房。

千片赤英霞爛爛，百枝絳點燈煌煌。煌煌：光彩鮮明的樣子。

照地初開錦綉段，當風不結蘭麝囊。

仙人琪樹白無色，王母桃花小不香。

宿露輕盈泛紫艷，朝陽照耀生紅光。

紅紫二色間深淺，向背萬態隨低昂。
映葉多情隱羞面，卧叢無力含醉妝。
低嬌笑容疑掩口，凝思怨人如斷腸。
穠姿貴彩信奇絶，雜卉亂花無比方。
石竹金錢何細碎，芙蓉芍藥苦尋常。
遂使王公與卿士，游花冠蓋日相望。
庳車軟輿貴公主，香衫細馬豪家郎。
衛公宅静閉東院，西明寺深開北廊。
戲蝶雙舞看人久，殘鶯一聲春日長。
共愁日照芳難駐，仍張帷幕垂陰凉。
花開花落二十日，一城之人皆若狂。

三代以還文勝質，人心重華不重實。
重華直至牡丹芳，其來有漸非今日。
元和天子憂農桑，恤下動天天降祥。
去歲嘉禾生九穗，田中寂寞無人至。
今年瑞麥分兩岐，君心獨喜無人知。
無人知，可嘆息，我願暫求造化力，
減却牡丹妖艷色。少迴卿士愛花心，
同似吾君憂稼穡。

紅綫毯　憂蠶桑之費也

紅綫毯，擇繭繰絲清水煮，
揀絲練綫紅藍染。

染爲紅綫紅于藍，織作披香殿上毯。
披香殿廣十丈餘，紅綫織成可殿鋪。
彩絲茸茸香拂拂，綫軟花虛不勝物。拂拂：風輕輕吹動的樣子。
美人踏上歌舞來，羅襪綉鞋隨步没。
太原毯澀毳縷硬，蜀都褥薄錦花冷，毳（音脆）：鳥獸的細毛。
不如此毯温且柔。
年年十月來宣州，宣城太守加樣織。
自謂爲臣能竭力，百夫同擔進宫中。
綫厚絲多卷不得，宣城太守知不知？
一丈毯，千兩絲，地不知寒人要暖，
少奪人衣作地衣。

杜陵叟　傷農夫之困也

杜陵叟，杜陵居，歲種薄田一頃餘。
三月無雨旱風起，麥苗不秀多黄死。
九月降霜秋早寒，禾穗未熟皆青乾。
長吏明知不申破，急斂暴徵求考課。
典桑賣地納官租，明年衣食將何如？
剥我身上帛，奪我口中粟。
虐人害物即豺狼，何必鈎爪鋸牙食人肉！
不知何人奏皇帝，帝心惻隱知人弊。
白麻紙上書德音，京畿盡放今年税。
昨日里胥方到門，手持尺牒榜鄉村。

十家租稅九家畢，虛受吾君蠲免恩。

繚綾　念女工之勞也

繚綾繚綾何所似？不似羅綃與紈綺。
應似天台山上月明前，四十五尺瀑布泉。
中有文章又奇絶，地鋪白烟花簇雪。
織者何人衣者誰？越溪寒女漢宮姬。
去年中使宣口敕，天上取樣人間織。
中使：皇宮中派出的使者。
織爲雲外秋雁行，染作江南春水色。
廣裁衫袖長製裙，金斗熨波刀翦紋。
異彩奇文相隱映，轉側看花花不定。
昭陽舞人恩正深，春衣一對直千金。

汗霑粉污不再著，曳土蹋泥無惜心。

繚綾織成費功績，莫比尋常繒與帛。繚（音遼）：用針斜縫。

絲細繰多女手疼，扎扎千聲不盈尺。

昭陽殿裏歌舞人，若見織時應也惜。

賣炭翁　苦宮市也

賣炭翁，伐薪燒炭南山中。

滿面塵灰烟火色，兩鬢蒼蒼十指黑。

賣炭得錢何所營？身上衣裳口中食。

可憐身上衣正單，心憂炭賤願天寒。

夜來城上一尺雪，曉駕炭車輾冰轍。

牛困人飢日已高，市南門外泥中歇。

翩翩兩騎來是誰？黃衣使者白衫兒。
手把文書口稱敕，迴車叱牛牽向北。
一車炭，千餘斤，官使驅將惜不得。
半匹紅紗一丈綾，繫向牛頭充炭直。

母別子　刺新間舊也

母別子，子別母，白日無光哭聲苦。
關西驃騎大將軍，去年破虜新策勳。
敕賜金錢二百萬，洛陽迎得如花人。
新人迎來舊人棄，掌上蓮花眼中刺。
迎新棄舊未足悲，悲在君家留兩兒。
一始扶行一初坐，坐啼行哭牽人衣。

以汝夫婦新燕婉，使我母子生別離。

不如林中烏與鵲，母不失雛雄伴雌。

應似園中桃李樹，花落隨風子在枝。

新人新人聽我語，洛陽無限紅樓女。

但願將軍重立功，更有新人勝于汝。

燕婉：安詳和順。

陵園妾　憐幽閉也

陵園妾，顏色如花命如葉。

命如葉薄將奈何？一奉寢宮年月多。

年月多，時光換，春愁秋思知何限？

青絲髮落叢鬢疏，紅玉膚銷繫裙慢。

憶昔宮中被妒猜，因讒得罪配陵來。

老母啼呼趁車別，中宮監送鎖門迴。
山宮一閉無開日，未死此身不令出。
松門到曉月裴回，柏城盡日風蕭瑟。
松門柏城幽閉深，聞蟬聽燕感光陰。
眼看菊蕊重陽淚，手把梨花寒食心。
把花掩淚無人見，緑蕪墻繞青苔院。
四季徒支妝粉錢，三朝不識君王面。
遥想六宮奉至尊，宣徽雪夜浴堂春。
雨露之恩不及者，猶聞不啻三千人。
三千人，我爾君恩何厚薄？
願令輪轉直陵園，三歲一來均苦樂。

不啻（音次）：不止。

鹽商婦　惡幸人也

鹽商婦，多金帛，不事田農與蠶績。
南北東西不失家，風水爲鄉船作宅。
本是揚州小家女，嫁得西江大商客。
緑鬟富去金釵多，皓腕肥來銀釧窄。
前呼蒼頭後叱婢，問爾因何得如此？
婿作鹽商十五年，不屬州縣屬天子。
每年鹽利入官時，少入官家多入私。
官家利薄私家厚，鹽鐵尚書遠不知。
何况江頭魚米賤，紅膾黄橙香稻飯。
飽食濃妝倚柁樓，兩朵紅腮花欲綻。

鹽商婦，有幸嫁鹽商。

終朝美飯食，終歲好衣裳。

好衣美食來何處，亦須慚愧桑弘羊。

桑弘羊：漢武帝時官員。

桑弘羊，死已久，不獨漢時今亦有。

井底引銀瓶　止淫奔也

井底引銀瓶，銀瓶欲上絲繩絶。

石上磨玉簪，玉簪欲成中央折。

瓶沈簪折知奈何，似妾今朝與君别。

憶昔在家爲女時，人言舉動有殊姿。

嬋娟兩鬢秋蟬翼，宛轉雙蛾遠山色。

笑隨戲伴後園中，此時與君未相識。

妾弄青梅憑短墻，君騎白馬傍垂楊。

墻頭馬上遥相顧，一見知君即斷腸。

知君斷腸共君語，君指南山松柏樹。

感君松柏化爲心，暗合雙鬟逐君去。

到君家舍五六年，君家大人頻有言。

聘則爲妻奔是妾，不堪主祀奉蘋蘩。

終知君家不可住，其奈出門無去處。

豈無父母在高堂，亦有親情滿故鄉。

潛來更不通消息，今日悲羞歸不得。

爲君一日恩，誤妾百年身。

寄言痴小人家女，慎勿將身輕許人。

隋堤柳　憫亡國也

隋堤柳，歲久年深盡衰朽。
風飄飄兮雨蕭蕭，三株兩株汴河口。
老枝病葉愁殺人，曾經大業年中春。
大業年中煬天子，種柳成行夾流水。
西自黃河東至淮，緑陰一千三百里。
大業末年春暮月，柳色如烟絮如雪。
南幸江都恣佚游，應將此柳繫龍舟。
紫髯郎將護錦纜，青娥御史直迷樓。
海內財力此時竭，舟中歌笑何日休。
上荒下困勢不久，宗社之危如綴旒。

恣佚：放縱。

煬天子，自言福祚長無窮，
豈知皇子封酅公。
龍舟未過彭城閣，義旗已入長安宫。
蕭墻禍生人事變，晏駕不得歸秦中。
土墳數尺何處葬，吴公臺下多悲風。
二百年來汴河路，沙草和烟朝復暮。
後王何以鑒前王，請看隋堤亡國樹。

黑潭龍　疾貪吏也

黑潭水深黑如墨，傳有神龍人不識。
潭上駕屋官立祠，龍不能神人神之。
豐凶水旱與疾疫，鄉里皆言龍所爲。

家家養豚漉清酒，朝祈暮賽依巫口。
神之來兮風飄飄，紙錢動兮錦傘搖。
神之去兮風亦静，香火滅兮杯盤冷。
肉堆潭岸石，酒潑廟前草。
不知龍神享幾多，林鼠山狐長醉飽。
狐何幸？豚何辜？
年年殺豚將喂狐。
狐假龍神食豚盡，九重泉底龍知無？

秦吉了　哀冤民也

秦吉了，出南中，彩毛青黑花頸紅。
耳聰心慧舌端巧，鳥語人言無不通。

秦吉了：鳥名，能學人語。

昨日長爪鳶，今朝大嘴烏。

鳶捎乳燕一窠覆，烏啄母鷄雙眼枯。

鷄號墮地燕驚去，然後拾卵攫其雛。

豈無雕與鶚，嗉中肉飽不肯搏。

亦有鸞鶴群，閑立高颺如不聞。

秦吉了，人云爾是能言鳥。

豈不見鷄燕之冤苦？吾聞鳳凰百鳥主，

爾竟不爲鳳凰之前致一言，安用噪噪閑言語。

鴉九劍　思決壅也

歐冶子死千年後，精靈闇授張鴉九。

鴉九鑄劍吴山中，天與日時神借功。

金鐵騰精火翻焰，踴躍求爲鏌鋣劍。
劍成未試十餘年，有客持金買一觀。
誰知閉匣長思用，三尺青蛇不肯蟠。
客有心，劍無口，客代劍言告鴉九。
君勿矜我玉可切，君勿誇我鐘可刜。
不如持我決浮雲，無令漫漫蔽白日。
爲君使無私之光及萬物，蟄蟲昭蘇萌草出。

刜（音孚）：砍，擊。

采詩官　監前王亂亡之由也

采詩官，采詩聽歌導人言。
言者無罪聞者誡，下流上通上下泰。
周滅秦興至隋氏，十代采詩官不置。

郊廟登歌贊君美，樂府艷詞悦君意。

若求興諭規刺言，萬句千章無一字。

不是章句無規刺，漸及朝廷絶諷議。

諍臣杜口爲冗員，諫鼓高懸作虚器。

一人負扆常端默，百辟入門兩自媚。

扆（音倚）：畫有斧形的屏風。

夕郎所賀皆德音，春官每奏唯祥瑞。

君之堂兮千里遠，君之門兮九重閟。

君耳唯聞堂上言，君眼不見門前事。

貪吏害民無所忌，奸臣蔽君無所畏。

君不見厲王胡亥之末年，群臣有利君無利。

君兮君兮願聽此，欲開壅蔽達人情，

先向歌詩求諷刺。

效陶潛體詩十六首并序（選二首）

余退居渭上，杜門不出，時屬多雨，無以自娱。會家醞新熟，雨中獨飲，往往酣醉，終日不醒。懶放之心，彌覺自得，故得于此，而有以忘于彼者。因咏陶淵明詩，適與意會，遂倣其體，成十六篇。醉中狂言，醒輒自哂。然知我者亦無隱焉。

其六

天秋無片雲，地静無纖塵。
團團新晴月，林外生白輪。
憶昨陰霖天，連連三四旬。

賴逢家醖熟，不覺過朝昏。

私言雨霽後，可以罷餘尊。

霽：雨止。

及對新月色，不醉亦愁人。

床頭殘酒榼，欲盡味彌淳。

榼：古代盛酒或貯水的器具。

攜置南檐下，舉酌自殷勤。

清光入杯杓，白露生衣巾。

乃知陰與晴，安可無此君。

我有樂府詩，成來人未聞。

今宵醉有興，狂咏驚四鄰。

獨賞猶復爾，何況有交親。

其八

家醞飲已盡，村中無酒酤。
坐愁今夜醒，其奈秋懷何。
有客忽叩門，言語一何佳。
云是南村叟，挈榼來相過。
且喜尊不燥，安問少與多。
重陽雖已過，籬菊有殘花。
歡來苦晝短，不覺夕陽斜。
老人勿遽起，且待新月華。
客去有餘趣，竟夕獨酣歌。

遣懷

寓心身體中，寓性方寸內。

此身是外物，何足苦憂愛。
況有假飾者，華簪及高蓋。
此又疏于身，復在外物外。
操之多惴慄，失之又悲悔。惴慄：恐懼戰慄。
乃知名與器，得喪俱爲害。
頹然環堵客，蘿蕙爲巾帶。
自得此道來，身窮心甚泰。

秋游原上

七月行已半，早涼天氣清。
清晨起巾櫛，徐步出柴荊。巾櫛：手巾和梳篦。
露杖筇竹冷，風襟越蕉輕。

閑携弟侄輩，同上秋原行。
新棗未全赤，晚瓜有餘馨。
依依田家叟，設此相逢迎。
自我到此村，往來白髮生。
村中相識久，老幼皆有情。
留連向暮歸，樹樹風蟬聲。
是時新雨足，禾黍夾道青。
見此令人飽，何必待西成。

觀稼

世役不我牽，身心常自若。
晚出看田畝，閑行旁村落。

纍纍繞場稼，嘖嘖群飛雀。
年豐豈獨人，禽鳥聲亦樂。
田翁逢我喜，默起具尊杓。
斂手笑相延，社酒有殘酌。
愧茲勤且敬，藜杖爲淹泊。
言動任天真，未覺農人惡。
停杯問生事，夫種妻兒穫。
筋力苦疲勞，衣食常單薄。
自慚禄仕者，曾不營農作。
飽食無所勞，何殊衛人鶴。

嘖嘖：蟲鳥鳴叫聲。

自吟拙什因有所懷

懶病每多暇，暇來何所爲？
未能抛筆硯，時作一篇詩。
詩成澹無味，多被衆人嗤。
上怪落聲韵，下嫌拙言詞。
時時自吟咏，吟罷有所思。
蘇州及彭澤，與我不同時。
此外復誰愛，唯有元微之。
謫向江陵府，三年作判司。
相去二千里，詩成遠不知。

游悟真寺詩

元和九年秋，八月月上弦。

我游悟真寺，寺在王順山。
去山四五里，先聞水潺湲。
自茲舍車馬，始涉藍溪灣。
手拄青竹杖，足蹋白石灘。
漸怪耳目曠，不聞人世喧。
山下望山上，初疑不可攀。
誰知中有路，盤折通巖巔。
一息幡竿下，再休石龕邊。
龕間長丈餘，門户無扃關。

扃（音窘）：從外面關門的門閂。

仰窺不見人，石髮垂若鬟。
驚出白蝙蝠，雙飛如雪翻。

回首寺門望，青崖夾朱軒。

朱軒：紅色房屋。

如擘山腹開，置寺于其間。
入門無平地，地窄虚空寬。
房廊與臺殿，高下隨峰巒。
巖崿無撮土，樹木多瘦堅。
根株抱石長，屈曲蟲蛇蟠。
松桂亂無行，四時鬱芊芊。

芊芊：草木茂盛、葱緑的樣子。

枝梢裊青翠，韵若風中弦。
日月光不透，緑陰相交延。
幽鳥時一聲，聞之似寒蟬。
首憩賓位亭，就坐未及安。

須臾開北户，萬里明豁然。
拂檐虹霏微，繞棟雲迴旋。
赤日間白雨，陰晴同一川。
野緑簇草樹，眼界吞秦原。
渭水細不見，漢陵小于拳。
却顧來時路，縈紆映朱闌。
歷歷上山人，一一遥可觀。
前對多寶塔，風鐸鳴四端。
欒櫨與户牖，恰恰金碧繁。
云昔迦葉佛，此地坐涅槃。
至今鐵鉢在，當底手迹穿。

西開玉像殿，白佛森比肩。
斗藪塵埃衣，禮拜冰雪顔。

斗藪：擺脱。

疊霜爲袈裟，貫雹爲華鬘。
逼觀疑鬼功，其迹非雕鐫。
次登觀音堂，未到聞栴檀。
上階脱雙履，斂足升净筵。
六楹排玉鏡，四座敷金鈿。
黑夜自光明，不待燈燭然。
衆寳互低昂，碧珮珊瑚幡。
風來似天樂，相觸聲珊珊。

珊珊：形容清脆悦耳的聲音。

白珠垂露凝，赤珠滴血殷。

點綴佛髻上，合爲七寶冠。
雙瓶白琉璃，色若秋水寒。
隔瓶見舍利，圓轉如金丹。
玉笛何代物？天人施祇園。
吹如秋鶴聲，可以降靈仙。
是時秋方中，三五月正圓。
寶堂豁三門，金魄當其前。
月與寶相射，晶光争鮮妍。
照人心骨冷，竟夕不欲眠。
曉尋南塔路，亂竹低嬋娟。
林幽不逢人，寒蝶飛翾翾。

翾（音宣）：飛翔。

山果不識名，離離夾道蕃。
足以療飢乏，摘嘗味甘酸。
道南藍谷神，紫傘白紙錢。
若歲有水旱，詔使修蘋蘩。
以地清净故，獻奠無葷膻。
危石疊四五，嵬嵬欹且刓。
造物者何意，堆在巖東偏。
冷滑無人迹，苔點如花箋。
我來登上頭，下臨不測淵。
目眩手足掉，不敢低頭看。
風從石下生，薄人而上摶。

衣服似羽翮，開張欲飛騫。
巉巉三面峰，峰尖刀劍攢。
往往白雲過，決開露青天。
西北日落時，夕暉紅團團。
千里翠屏外，走下丹砂丸。
東南月上時，夜氣青漫漫。
百丈碧潭底，寫出黃金盤。
藍水色似藍，日夜長潺潺。

潺潺：水徐緩流動的樣子。

周迴繞山轉，下視如青環。
或鋪爲慢流，或激爲奔湍。
泓澄最深處，浮出蛟龍涎。

側身入其中，懸磴尤險艱。
捫蘿蹋樛木，下逐飲澗猿。
雪迸起白鷺，錦跳驚紅鱣。
歇定方盥漱，濯去支體煩。
淺深皆洞徹，可照腦與肝。
但愛清見底，欲尋不知源。
東崖饒怪石，積甃蒼琅玕。
温潤發于外，其間韞璵璠。
卞和死已久，良玉多棄捐。
或時洩光彩，夜與星月連。
中頂最高峰，拄天青玉竿。

鼯鼯上不得，豈我能攀援。鼯鼯：班鼠。

上有白蓮池，素葩覆清瀾。

聞名不可到，處所非人寰。

又有一片石，大如方尺磚。

插在半壁上，其下萬仞懸。

云有過去師，坐得無生禪。

號爲定心石，長老世相傳。

却上謁仙祠，蔓草生綿綿。

昔聞王氏子，羽化升上玄。

其西曬藥臺，猶對芝朮田。

時復明月夜，上聞黄鶴言。

迴尋畫龍堂，二叟鬢髮斑。
想見聽法時，歡喜禮印壇。
復歸泉窟下，化作龍蜿蜒。
階前石孔在，欲雨生白烟。
往有寫經僧，身靜心精專。
感彼雲外鴿，群飛千翩翩。
來添硯中水，去吸巖底泉。
一日三往復，時節長不愆。
經成號聖僧，弟子名楊難。
誦此蓮花偈，數滿百億千。
身壞口不壞，舌根如紅蓮。

顱骨今不見，石函尚存焉。
粉壁有吴畫，筆彩依舊鮮。
素屏有褚書，墨色如新乾。
靈境與異迹，周覽無不殫。
一游五晝夜，欲返仍盤桓。
我本山中人，誤爲時網牽。
牽率使讀書，推挽令效官。
既登文字科，又忝諫諍員。
拙直不合時，無益同素餐。
以此自慚惕，戚戚常寡歡。
無成心力盡，未老形骸殘。

今來脱簪組，始覺離憂患。
及爲山水游，彌得縱疏頑。
野麋斷羈絆，行走無拘攣。拘攣：拘束。
池魚放入海，一往何時還。
身著居士衣，手把《南華》篇。南華：《南華真經》的省稱。
終來此山住，永謝區中緣。
我今四十餘，從此終身閑。
若以七十期，猶得三十年。

訪陶公舊宅并序

余夙慕陶淵明爲人，往歲渭上閑居，嘗有效陶體詩十六首。今游廬山，經柴桑，過栗里，思其人，訪其宅，不能默默，又題此詩云。

垢塵不污玉，靈鳳不啄膻。

嗚呼陶靖節，生彼晉宋間。

心實有所守，口終不能言。

永惟孤竹子，拂衣首陽山。

夷齊各一身，窮餓未爲難。

先生有五男，與之同飢寒。

腸中食不充，身上衣不完。

連徵竟不起，斯可謂真賢。

我生君之後，相去五百年。

每讀五柳傳，目想心拳拳。

拳拳：誠懇貌。

昔常咏遺風，著爲十六篇。
今來訪故宅，森若君在前。
不慕尊有酒，不慕琴無弦。
慕君遺容利，老死此丘園。
柴桑古村落，栗里舊山川。
不見籬下菊，但餘墟中烟。
子孫雖無聞，族氏猶未遷。
每逢姓陶人，使我心依然。

官舍内新鑿小池

簾下開小池，盈盈水方積。
中底鋪白沙，四隅甃青石。

勿言不深廣，但取幽人適。
泛灩微雨朝，泓澄明月夕。
豈無大江水，波浪連天白。
未如床席前，方丈深盈尺。
清淺可狎弄，昏煩聊漱滌。
漱滌：洗滌。
最愛曉暝時，一片秋天碧。

讀謝靈運詩

吾聞達士道，窮通順冥數。
通乃朝廷來，窮即江湖去。
謝公才廓落，與世不相遇。
廓落：豁達，寬宏。
壯志鬱不用，須有所洩處。

洩爲山水詩，逸韵諧奇趣。
大必籠天海，細不遺草樹。
豈惟玩景物，亦欲攄心素。
往往即事中，未能忘興諭。
因知康樂作，不獨在章句。

山路偶興

筋力未全衰，僕馬不至弱。
又多山水趣，心賞非寂寞。
捫蘿上烟嶺，蹋石穿雲壑。
谷鳥晚仍啼，洞花秋不落。
提籠復携榼，遇勝時停泊。

泉憩茶數甌，嵐行酒一酌。 嵐：林中霧氣。

獨吟還獨嘯，此興殊未惡。

假使在城時，終年有何樂。

自蜀江至洞庭湖口有感而作

江從西南來，浩浩無旦夕。 浩浩：盛大的樣子。

長波逐若瀉，連山鑿如劈。

千年不壅潰，萬姓無墊溺。

不爾民爲魚，大哉禹之績。

導岷既艱遠，距海無咫尺。

胡爲不訖功，餘水斯委積。

洞庭與青草，大小兩相敵。

混合萬丈深，淼茫千里白。

每歲秋夏時，浩大吞七澤。

水族窟穴多，農人土地窄。

我今尚嗟嘆，禹豈不愛惜？

邈未究其由，想古觀遺迹。

疑此苗人頑，恃險不終役。

帝亦無奈何，留患與今昔。

水流天地内，如身有血脈。

滯則爲疽疣，治之在鍼石。

鍼石：治病用的石針。

安得禹復生，爲唐水官伯。

手提倚天劍，重來親指畫。

疏河似翦紙，决壅同裂帛。

滲作膏腴田，蹋平魚鱉宅。

龍宫變閭里，水府生禾麥。

閭里：里巷，平民聚居之處。

坐添百萬户，書我司徒籍。

洛下卜居

三年典郡歸，所得非金帛。

天竺石兩片，華亭鶴一隻。

飲啄供稻粱，包裹用茵席。

誠知是勞費，其奈心愛惜。

遠從餘杭郭，同到洛陽陌。

下擔拂雲根，開籠展霜翮。

貞姿不可雜，高性宜其適。
遂就無塵坊，仍求有水宅。
東南得幽境，樹老寒泉碧。
池畔多竹陰，門前少人迹。
未請中庶禄，且脱雙驂易。
豈獨爲身謀，安吾鶴與石。

池畔二首

其一

結構池西廊，疏理池東樹。
此意人不知，欲爲待月處。

其二

持刀剗密竹，竹少風來多。
此意人不會，欲令池有波。

游襄陽懷孟浩然

楚山碧巖巖，漢水碧湯湯。
巖巖：高聳的樣子。
秀氣結成象，孟氏之文章。
今我諷遺文，思人至其鄉。
清風無人繼，日暮空襄陽。
南望鹿門山，藹若有餘芳。
舊隱不知處，雲深樹蒼蒼。

朱陳村

徐州古豐縣，有村曰朱陳。

去縣百餘里，桑麻青氛氳。

氛氳：旺盛繁多。

機梭聲札札，牛驢走紜紜。

紜紜：多而雜亂。

女汲澗中水，男采山上薪。
縣遠官事少，山深人俗淳。
有財不行商，有丁不入軍。
家家守村業，頭白不出門。
生爲村之民，死爲村之塵。
田中老與幼，相見何欣欣。
一村唯兩姓，世世爲婚姻。
親疏居有族，少長游有群。
黄鷄與白酒，歡會不隔旬。

生者不遠別，嫁娶先近鄰。
死者不遠葬，墳墓多繞村。
既安生與死，不苦形與神。
所以多壽考，往往見玄孫。
我生禮義鄉，少小孤且貧。
徒學辨是非，衹自取辛勤。
世法貴名教，士人重冠婚。
以此自桎梏，信爲大謬人。
十歲解讀書，十五能屬文。
二十舉秀才，三十爲諫臣。
下有妻子累，上有君親恩。

承家與事國，望此不肖身。
憶昨旅游初，迨今十五春。
孤舟三適楚，羸馬四經秦。

羸（音雷）：瘦弱。

晝行有飢色，夜寢無安魂。
東西不暫住，來往若浮雲。
離亂失故鄉，骨肉多散分。
江南與江北，各有平生親。
平生終日別，逝者隔年聞。
朝憂卧至暮，夕哭坐達晨。
悲火燒心曲，愁霜侵鬢根。
一生苦如此，長羡村中民。

登村東古冢

高低古時冢，上有牛羊道。
獨立最高頭，悠哉此懷抱。
回頭向村望，但見荒田草。
村人不愛花，多種栗與棗。
自來此村住，不覺風光好。
花少鶯亦稀，年年春暗老。

感鏡

美人與我別，留鏡在匣中。
自從花顔去，秋水無芙蓉。
經年不開匣，紅埃覆青銅。

今朝一拂拭，自照憔悴容。
照罷重惆悵，背有雙盤龍。

寄微之三首（其二）

君游襄陽日，我在長安住。
今君在通州，我過襄陽去。
襄陽九里郭，樓堞連雲樹。
顧此稍依依，是君舊游處。
蒼茫蒹葭水，中有潯陽路。
此去更相思，江西少親故。

蒹葭：蘆葦。

夜聞歌者

夜泊鸚鵡洲，江月秋澄澈。

鄰船有歌者，發詞堪愁絶。
歌罷繼以泣，泣聲通復咽。
尋聲見其人，有婦顔如雪。
獨倚帆檣立，娉婷十七八。
夜淚似真珠，雙雙墮明月。
借問誰家婦，歌泣何凄切？
一問一霑襟，低眉終不説。

夜雪

已訝衾枕冷，復見窗户明。
夜深知雪重，時聞折竹聲。

寄行簡

鬱鬱眉多斂，默默口寡言。
豈是願如此，舉目誰與歡。
去春爾西征，從事巴蜀間。
今春我南謫，抱疾江海壖。

壖：空地。

相去六千里，地絕天邈然。
十書九不達，何以開憂顏。
渴人多夢飲，飢人多夢餐。
春來夢何處？合眼到東川。

孟夏思渭村舊居寄舍弟

嘖嘖雀引雛，稍稍筍成竹。

時物感人情，憶我故鄉曲。
故園渭水上，十載事樵牧。
手種榆柳成，陰陰覆墻屋。陰陰：陰暗。
兔隱豆苗肥，鳥鳴桑椹熟。
前年當此時，與爾同游矚。
詩書課弟侄，農圃資童僕。
日暮麥登場，天晴蠶坼簇。
弄泉南澗坐，待月東亭宿。
興發飲數杯，悶來棋一局。
一朝忽分散，萬里仍羈束。
井鮒思反泉，籠鶯悔出谷。鮒：魚名，即鯽魚。

九江地卑濕，四月天炎燠。
苦雨初入梅，瘴雲稍含毒。
泥秧水畦稻，灰種畬田粟。
已訝殊歲時，仍嗟異風俗。
閑登郡樓望，日落江山緑。
歸雁拂鄉心，平湖斷人目。
殊方我漂泊，舊里君幽獨。
何時同一瓢，飲水心亦足。

寄王質夫

憶始識君時，愛君世緣薄。
我亦吏王畿，不爲名利著。

春尋仙游洞，秋上雲居閣。
樓觀水潺潺，龍潭花漠漠。
吟詩石上坐，引酒泉邊酌。
因話出處心，心期老巖壑。
忽從風雨別，遂被簪纓縛。
君作出山雲，我爲入籠鶴。
籠深鶴殘悴，山遠雲飄泊。

悴（音脆）：衰弱。

去處雖不同，同負平生約。
今來各何在，老去隨所託。
我守巴南城，君佐征西幕。
年顔漸衰颯，生計仍蕭索。

方含去國愁，且羨從軍樂。
舊游疑是夢，往事思如昨。
相憶春又深，故山花正落。

送客回晚興

城上雲霧開，沙頭風浪定。
參差亂山出，澹泞平江净。
行客舟已遠，居人酒初醒。
裊裊秋竹梢，巴蟬聲似磬。

東坡種花二首（其二）

東坡春向暮，樹木今何如？
漠漠花落盡，翳翳葉生初。

每日領童僕，荷鉏仍決渠。
剗土壅其本，引泉溉其枯。
小樹低數尺，大樹長丈餘。
封植來幾時，高下齊扶疏。
養樹既如此，養民亦何殊？
將欲茂枝葉，必先救根株。
云何救根株？勸農均賦租。
云何茂枝葉？省事寬刑書。
移此爲郡政，庶幾甿俗蘇。 甿俗：民俗。

步東坡

朝上東坡步，夕上東坡步。

東坡何所愛？愛此新成樹。
種植當歲初，滋榮及春暮。
信意取次栽，無行亦無數。
綠陰斜景轉，芳氣微風度。
新葉鳥下來，萎花蝶飛去。
閑携斑竹杖，徐曳黄麻屨。
欲識往來頻，青蕪成白路。

江南遇天寶樂叟

白頭病叟泣且言，禄山未亂入梨園。
能彈琵琶和法曲，多在華清隨至尊。
是時天下太平久，年年十月坐朝元。

千官起居環珮合，萬國會同車馬奔。
金鈿照耀石甕寺，蘭麝薰煮温湯源。
貴妃宛轉侍君側，體弱不勝珠翠繁。
冬雪飄颻錦袍暖，春風蕩漾霓裳翻。
歡娱未足燕寇至，弓勁馬肥胡語喧。
豳土人遷避夷狄，鼎湖龍去哭軒轅。
從此漂淪到南土，萬人死盡一身存。
秋風江上浪無限，暮雨舟中酒一尊。
涸魚久失風波勢，枯草曾霑雨露恩。
我自秦來君莫問，驪山渭水如荒村。
新豐樹老籠明月，長生殿闇鎖春雲。

紅葉紛紛蓋攲瓦，綠苔重重封壞垣。

唯有中官作宮使，每年寒食一開門。中官：指宦官。

醉後走筆酬劉五主簿長句之贈兼簡張大賈二十四先輩昆季

劉兄文高行孤立，十五年前名翕習。

是時相遇在符離，我年二十君三十。

得意忘年心迹親，寓居同縣日知聞。

衡門寂寞朝尋我，古寺蕭條暮訪君。衡門：簡陋之屋。

朝來暮去多携手，窮巷貧居何所有。

秋燈夜寫聯句詩，春雪朝傾暖寒酒。

陴湖綠愛白鷗飛，濉水清憐紅鯉肥。

偶語閑攀芳樹立，相扶醉蹋落花歸。
張賈弟兄同里巷，乘閑數數來相訪。
雨天連宿草堂中，月夜徐行石橋上。
我年漸長忽自驚，鏡中冉冉髭鬚生。
心畏後時同勵志，身牽前事各求名。
問我栖栖何所適，鄉人薦爲鹿鳴客。
二千里别謝交游，三十韵詩慰行役。
出門可憐唯一身，敝裘瘦馬入咸秦。
鼕鼕街鼓紅塵闇，晚到長安無主人。鼕鼕：擊鼓聲。
二賈二張與余弟，驅車邐迤來相繼。
操詞握賦爲干戈，鋒鋭森然勝氣多。

齊入文場同苦戰，五人十載九登科。
二張得雋名居甲，美退争雄重告捷。
棠棣輝榮并桂枝，芝蘭芳馥和荆葉。
唯有沅犀屈未伸，握中自謂駭鷄珍。
三年不鳴鳴必大，豈獨駭鷄當駭人。
元和運啓千年聖，同遇明時余最幸。
始辭秘閣吏王畿，遽列諫垣升禁闈。
蹇步何堪鳴珮玉，衰容不稱著朝衣。

蹇步：行路艱難。

閶闔晨開朝百辟，冕旒不動香烟碧。

閶闔：借指皇宫正門。

步登龍尾上虚空，立去天顔無咫尺。
宫花似雪從乘輿，禁月如霜坐直廬。

身賤每驚隨内宴，才微常愧草天書。
晚松寒竹新昌第，職居密近門多閉。
日暮銀臺下直回，故人到門門暫開。
回頭下馬一相顧，塵土滿衣何處來。
斂手炎凉叙未畢，先説舊山今悔出。
岐陽旅宦少歡娱，江左羈游費時日。
贈我一篇行路吟，吟之句句披沙金。
歲月徒催白髮貌，泥塗不屈青雲心。
誰會茫茫天地意，短才獲用長才棄。
我隨鵷鷺入烟雲，謬上丹墀爲近臣。
君同鸞鳳栖荆棘，猶著青袍作選人。

丹墀：宫殿的赤色臺階。

惆悵知賢不能薦，徒爲出入蓬萊殿。
月慚諫紙二百張，歲愧俸錢三十萬。
大底浮榮何足道，幾度相逢即身老。
且傾斗酒慰羈愁，重話符離問舊游。
北巷鄰居幾家去，東林舊院何人住。
武里村花落復開，流溝山色應如故。
感此酬君千字詩，醉中分手又何之。
須知通塞尋常事，莫嘆浮沉先後時。
慷慨臨歧重相勉，殷勤別後加餐飯。
君不見買臣衣錦還故鄉，五十身榮未爲晚。

山鷓鴣

山鷓鴣，朝朝暮暮啼復啼，

啼時露白風淒淒。淒淒：寒冷的樣子。

黄茅岡頭秋日晚，苦竹嶺下寒月低。

畬田有粟何不啄，石楠有枝何不栖。

迢迢不緩復不急，樓上舟中聲闇入。

夢鄉遷客展轉卧，抱兒寡婦彷徨立。

山鷓鴣，爾本此鄉鳥。

生不辭巢不别群，何苦聲聲啼到曉。

啼到曉，唯能愁北人，南人慣聞如不聞。

放旅雁

九江十年冬大雪，江水生冰樹枝折。

百鳥無食東西飛，中有旅雁聲最飢。
雪中啄草冰上宿，翅冷騰空飛動遲。
江童持網捕將去，手攜入市生賣之。
我本北人今譴謫，人鳥雖殊同是客。
見此客鳥傷客人，贖汝放汝飛入雲。
雁雁汝飛向何處？第一莫飛西北去。
淮西有賊討未平，百萬甲兵久屯聚。
官軍賊軍相守老，食盡兵窮將及汝。
健兒飢餓射汝吃，拔汝翅翎爲箭羽。

畫竹歌 并引

協律郎蕭悦善畫竹，舉時無倫。蕭亦甚自秘重，有終歲求其一竿一枝而不得者。知予天與好事，忽寫一十五竿，惠然見投。予厚其意，高其藝，無以答貺，作歌以報之，凡一百八十六字云。

植物之中竹難寫，古今雖畫無似者。
蕭郎下筆獨逼真，丹青以來唯一人。
人畫竹身肥擁腫，蕭畫莖瘦節節竦。
人畫竹梢死羸垂，蕭畫枝活葉葉動。
不根而生從意生，不笋而成由筆成。
野塘水邊碕岸側，森森兩叢十五莖。
嬋娟不失筠粉態，蕭颯盡得風烟情。
舉頭忽看不似畫，低耳靜聽疑有聲。

西叢七莖勁而健，省向天竺寺前石上見。

東叢八莖疏且寒，憶曾湘妃廟裏雨中看。

幽姿遠思少人別，與君相顧空長嘆。

蕭郎蕭郎老可惜，手顫眼昏頭雪色。

自言便是絕筆時，從今此竹尤難得。

真娘墓

真娘墓，虎丘道。

不識真娘鏡中面，唯見真娘墓頭草。

霜摧桃李風折蓮，真娘死時猶少年。

脂膚荑手不牢固，世間尤物難留連。

難留連，易銷歇。

荑（音提）手：形容手柔嫩。

塞北花，江南雪。

長恨歌

漢皇重色思傾國，御宇多年求不得。
楊家有女初長成，養在深閨人未識。
天生麗質難自棄，一朝選在君王側。
回眸一笑百媚生，六宮粉黛無顏色。
春寒賜浴華清池，温泉水滑洗凝脂。
凝脂：形容皮膚白嫩滋潤。
侍兒扶起嬌無力，始是新承恩澤時。
雲鬢花顏金步搖，芙蓉帳暖度春宵。
金步搖：古代婦女的一種首飾。
春宵苦短日高起，從此君王不早朝。
承歡侍宴無閑暇，春從春游夜專夜。

後宮佳麗三千人，三千寵愛在一身。
金屋妝成嬌侍夜，玉樓宴罷醉和春。
姊妹弟兄皆列土，可憐光彩生門户。
遂令天下父母心，不重生男重生女。
驪宫高處入青雲，仙樂風飄處處聞。
緩歌慢舞凝絲竹，盡日君王看不足。
漁陽鞞鼓動地來，驚破霓裳羽衣曲。
九重城闕烟塵生，千乘萬騎西南行。
翠華摇摇行復止，西出都門百餘里。
六軍不發無奈何，宛轉蛾眉馬前死。
花鈿委地無人收，翠翹金雀玉搔頭。

翠翹：古代一種頭飾。

君王掩面救不得，回看血淚相和流。
黄埃散漫風蕭索，雲棧縈紆登劍閣。
峨嵋山下少人行，旌旗無光日色薄。
蜀江水碧蜀山青，聖主朝朝暮暮情。
行宫見月傷心色，夜雨聞鈴腸斷聲。
天旋日轉迴龍馭，到此躊躇不能去。
馬嵬坡下泥土中，不見玉顔空死處。
君臣相顧盡霑衣，東望都門信馬歸。

信馬：聽任馬往前走。

歸來池苑皆依舊，太液芙蓉未央柳。
芙蓉如面柳如眉，對此如何不淚垂。
春風桃李花開夜，秋雨梧桐葉落時。

西宮南苑多秋草，宮葉滿階紅不掃。
梨園弟子白髮新，椒房阿監青娥老。
椒房：后妃居住之所。
夕殿螢飛思悄然，孤燈挑盡未成眠。
遲遲鐘鼓初長夜，耿耿星河欲曙天。
耿耿：微明的樣子。
鴛鴦瓦冷霜華重，翡翠衾寒誰與共。
悠悠生死別經年，魂魄不曾來入夢。
臨邛道士鴻都客，能以精誠致魂魄。
爲感君王展轉思，遂教方士殷勤覓。
排空馭氣奔如電，升天入地求之遍。
上窮碧落下黃泉，兩處茫茫皆不見。
忽聞海上有仙山，山在虛無縹渺間。

樓閣玲瓏五雲起，其中綽約多仙子。
中有一人字太真，雪膚花貌參差是。
金闕西廂叩玉扃，轉教小玉報雙成。

金闕：金碧輝煌的宮殿。

聞道漢家天子使，九華帳裏夢魂驚。
攬衣推枕起裴回，珠箔銀屏邐迤開。
雲鬢半偏新睡覺，花冠不整下堂來。

新睡覺：剛睡醒。

風吹仙袂飄飖舉，猶似霓裳羽衣舞。
玉容寂寞淚闌干，梨花一枝春帶雨。
含情凝睇謝君王，一別音容兩渺茫。
昭陽殿裏恩愛絕，蓬萊宮中日月長。
回頭下望人寰處，不見長安見塵霧。

唯將舊物表深情，鈿合金釵寄將去。
釵留一股合一扇，釵擘黄金合分鈿。
但教心似金鈿堅，天上人間會相見。
臨別殷勤重寄詞，詞中有誓兩心知。
七月七日長生殿，夜半無人私語時。
在天願作比翼鳥，在地願爲連理枝。
天長地久有時盡，此恨綿綿無絕期。

隔浦蓮

隔浦愛紅蓮，昨日看猶在。
夜來風吹落，只得一回采。
花開雖有明年期，復愁明年還暫時。

寒食野望吟

丘墟郭門外，寒食誰家哭？
風吹曠野紙錢飛，古墓纍纍春草緑。
棠梨花映白楊樹，盡是死生離别處。
冥寞重泉哭不聞，蕭蕭暮雨人歸去。

琵琶行并序

元和十年，予左遷九江郡司馬。明年秋，送客湓浦口，聞船中夜彈琵琶者。聽其音，錚錚然有京都聲，問其人，本長安倡女，嘗學琵琶于穆、曹二善才，年長色衰，委身爲賈人婦。遂命酒，使快彈數曲。曲罷，憫默。自叙少小時歡樂事，今漂淪憔悴，轉徙于江湖間。

予出官二年，恬然自安，感斯人言，是夕始覺有遷謫意。因爲長句，歌以贈之。凡六百一十二言，命曰《琵琶行》。

潯陽江頭夜送客，楓葉荻花秋索索。索索：形容細碎的聲音。

主人下馬客在船，舉酒欲飲無管弦。

醉不成歡慘將別，別時茫茫江浸月。

忽聞水上琵琶聲，主人忘歸客不發。

尋聲暗問彈者誰？琵琶聲停欲語遲。

移船相近邀相見，添酒迴燈重開宴。

千呼萬喚始出來，猶抱琵琶半遮面。

轉軸撥弦三兩聲，未成曲調先有情。

弦弦掩抑聲聲思，似訴平生不得意。

低眉信手續續彈，說盡心中無限事。
輕攏慢撚抹復挑，初爲霓裳後六么。
大弦嘈嘈如急雨，小弦切切如私語。
嘈嘈切切錯雜彈，大珠小珠落玉盤。
間關鶯語花底滑，幽咽泉流水下灘。
水泉冷澀弦凝絶，凝絶不通聲暫歇。
別有幽愁暗恨生，此時無聲勝有聲。
銀瓶乍破水漿迸，鐵騎突出刀槍鳴。
曲終收撥當心畫，四弦一聲如裂帛。
東舟西舫悄無言，唯見江心秋月白。
沉吟放撥插弦中，整頓衣裳起斂容。

斂容：收斂面部表情。

自言本是京城女，家在蝦蟆陵下住。

十三學得琵琶成，名屬教坊第一部。

曲罷曾教善才伏，妝成每被秋娘妒。秋娘：唐時歌舞妓常用之名。

五陵年少争纏頭，一曲紅綃不知數。

鈿頭雲篦擊節碎，血色羅裙翻酒污。

今年歡笑復明年，秋月春風等閑度。

弟走從軍阿姨死，暮去朝來顏色故。顏色故：容貌衰老。

門前冷落鞍馬稀，老大嫁作商人婦。

商人重利輕别離，前月浮梁買茶去。

去來江口守空船，繞船月明江水寒。

夜深忽夢少年事，夢啼妝淚紅闌干。

我聞琵琶已嘆息，又聞此語重唧唧。
同是天涯淪落人，相逢何必曾相識。
我從去年辭帝京，謫居卧病潯陽城。
潯陽小處無音樂，終歲不聞絲竹聲。
住近湓江地低濕，黃蘆苦竹繞宅生。
其間旦暮聞何物？杜鵑啼血猿哀鳴。
春江花朝秋月夜，往往取酒還獨傾。
豈無山歌與村笛，嘔啞嘲哳難爲聽。

嘔啞嘲哳（音扎）：聲音噪雜。

今夜聞君琵琶語，如聽仙樂耳暫明。
莫辭更坐彈一曲，爲君翻作琵琶行。
感我此言良久立，却坐促弦弦轉急。

淒淒不似向前聲，滿座重聞皆掩泣。
座中泣下誰最多？江州司馬青衫濕。

代書詩一百韵寄微之

憶在貞元歲，初登典校司。
身名同日授，心事一言知。
肺腑都無隔，形骸兩不羈。
疏狂屬年少，閑散爲官卑。
分定金蘭契，言通藥石規。
金蘭：牢固而融洽的友情。
交賢方汲汲，友直每偲偲。
偲偲：互相勉勵督促的樣子。
有月多同賞，無杯不共持。
秋風拂琴匣，夜雪卷書帷。

高上慈恩塔，幽尋皇子陂。
唐昌玉蕊會，崇敬牡丹期。
笑勸迂辛酒，閑吟短李詩。
儒風愛敦質，佛理賞玄師。
度日曾無悶，通宵靡不爲。
雙聲聯律句，八面對宮棋。
往往游三省，騰騰出九逵。
寒銷直城路，春到曲江池。
樹暖枝條弱，山晴彩翠奇。
峰攢石緑點，柳宛麴塵絲。
岸草烟鋪地，園花雪壓枝。

早光紅照耀，新溜碧逶迤。
幄幕侵堤布，盤筵占地施。
徵伶皆絕藝，選伎悉名姬。
粉黛凝春態，金鈿耀水嬉。
風流誇墮髻，時世鬬啼眉。
密坐隨歡促，華尊逐勝移。
香飄歌袂動，翠落舞釵遺。
籌插紅螺椀，觥飛白玉卮。
打嫌調笑易，飲訝卷波遲。
殘席諠譁散，歸鞍酩酊騎。
酡顔烏帽側，醉袖玉鞭垂。

紫陌傳鐘鼓，紅塵塞路歧。紫陌：郊外的道路。
幾時曾暫別，何處不相隨。
荏苒星霜换，迴環節候催。
兩衙多請告，三考欲成資。
運啓千年聖，天成萬物宜。
皆當少壯日，同惜盛明時。
光景嗟虚擲，雲霄竊暗窺。
攻文朝矻矻，講學夜孜孜。矻矻（音枯）：辛勤的樣子。
策目穿如札，鋒毫鋭若錐。
繁張獲鳥網，堅守釣魚坻。
并受夔龍薦，齊陳鼂董詞。

萬言經濟略，三策太平基。
中第争無敵，專場戰不疲。
輔車排勝陣，掎角搴降旗。
雙闕紛容衛，千僚儼等衰。
恩隨紫泥降，名向白麻披。
紫泥：皇帝的詔書。
既在高科選，還從好爵縻。
東垣君諫諍，西邑我驅馳。
再喜登烏府，多慚侍赤墀。
官班分内外，游處遂參差。
每列鵷鸞序，偏瞻獬豸姿。
獬豸：傳説中的獨角异獸。
簡威霜凛冽，衣彩綉葳蕤。
葳蕤：羽毛裝飾華麗鮮艷的樣子。

正色摧强禦，剛腸嫉喔咿。

喔咿：强作笑顔表示順從的樣子。

常憎持禄位，不擬保妻兒。

養勇期除惡，輸忠在滅私。

下鞲驚燕雀，當道懾狐貍。

南國人無怨，東臺吏不欺。

理冤多定國，切諫甚辛毗。

造次行于是，平生志在兹。

道將心共直，言與行兼危。

水暗波翻覆，山藏路險巇。

險巇（音西）：險阻崎嶇。

未爲明主識，已被倖臣疑。

木秀遭風折，蘭芳遇霰萎。

千鈞勢易壓，一柱力難搘。

騰口因成痏，吹毛遂得疵。痏（音委）：瘡。

憂來吟貝錦，謫去咏江蘺。

邂逅塵中遇，殷勤馬上辭。

賈生離魏闕，王粲向荆夷。

水過清源寺，山經綺季祠。

心摇漢皋珮，淚墮峴亭碑。

驛路緣雲際，城樓枕水湄。

思鄉多繞澤，望闕獨登陴。

林晚青蕭索，江平綠渺瀰。

野秋鳴蟋蟀，沙冷聚鸕鷀。鸕鷀：鳥名，又稱魚鷹。

官舍黄茅屋，人家苦竹籬。

白醪充夜酌，紅粟備晨炊。

寡鶴摧風翮，鰥魚失水鬐。

闇雛啼渴旦，凉葉墮相思。

一點寒燈滅，三聲曉角吹。

藍衫經雨故，驄馬卧霜羸。

念涸誰濡沫，嫌醒自歠醨。醨（音離）：淡酒。

耳垂無伯樂，舌在有張儀。

負氣衝星劍，傾心向日葵。

金言自銷鑠，玉性肯磷緇。

伸屈須看蠖，窮通莫問龜。蠖（音獲）：昆蟲名，即尺蠖。

定知身是患，當用道爲醫。
想子今如彼，嗟予獨在斯。
無憀當歲杪，有夢到天涯。
坐阻連襟帶，行乖接履綦。
潤銷衣上霧，香散室中芝。
念遠緣遷貶，驚時爲别離。
素書三往復，明月七盈虧。
舊里非難到，餘歡不可追。
樹依興善老，草傍静安衰。
前事思如昨，中懷寫向誰？
北村尋古柏，南宅訪辛夷。

此日空搔首，何人共解頤？解頤：開顏歡笑。
病多知夜永，年長覺秋悲。
不飲長如醉，加餐亦似飢。
狂吟一千字，因使寄微之。

感秋寄遠

惆悵時節晚，兩情千里同。
離憂不散處，庭樹正秋風。
燕影動歸翼，蕙香銷故叢。
佳期與芳歲，牢落兩成空。

春題華陽館

帝子吹簫逐鳳皇，空留仙洞號華陽。

落花何處堪惆悵，頭白宮人掃影堂。

和友人洛中春感

莫悲金谷園中月，莫嘆天津橋上春。
若學多情尋往事，人間何處不傷神。

三月三十日題慈恩寺

慈恩春色今朝盡，盡日裴回倚寺門。
惆悵春歸留不得，紫藤花下漸黄昏。

賦得古原草送别

離離原上草，一歲一枯榮。
野火燒不盡，春風吹又生。
遠芳侵古道，晴翠接荒城。

又送王孫去，萋萋滿別情。

萋萋：草木茂盛的樣子。

江樓望歸

滿眼雲水色，月明樓上人。
旅愁春入越，鄉夢夜歸秦。
道路通荒服，田園隔虜塵。

荒服：指離京城二千五百里的地區。

悠悠滄海畔，十載避黃巾。

同李十一醉憶元九

花時同醉破春愁，醉折花枝當酒籌。
忽憶故人天際去，計程今日到涼州。

送王十八歸山寄題仙游寺

曾于太白峰前住，數到仙游寺裏來。

黑水澄時潭底出，白雲破處洞門開。
林間暖酒燒紅葉，石上題詩掃綠苔。
惆悵舊游無復到，菊花時節羨君迴。

八月十五日夜禁中獨直對月憶元九

銀臺金闕夕沈沈，獨宿相思在翰林。
三五夜中新月色，二千里外故人心。
渚宮東面烟波冷，浴殿西頭鐘漏深。
猶恐清光不同見，江陵卑濕足秋陰。

沈沈（音談）：深邃的樣子。

惜牡丹花二首（其一）

惆悵階前紅牡丹，晚來唯有兩枝殘。
明朝風起應吹盡，夜惜衰紅把火看。

秋思

病眠夜少夢，閑立秋多思。
寂寞餘雨晴，蕭條早寒至。
鳥栖紅葉樹，月照青苔地。
何况鏡中年，又過三十二。

村夜

霜草蒼蒼蟲切切，村南村北行人絶。
獨出前門望野田，月明蕎麥花如雪。

王昭君二首（其二）

漢使却回憑寄語，黄金何日贖蛾眉？
君王若問妾顔色，莫道不如宫裏時。

欲與元八卜鄰先有是贈

平生心迹最相親，欲隱墻東不爲身。
明月好同三徑夜，綠楊宜作兩家春。
每因暫出猶思伴，豈得安居不擇鄰。
何獨終身數相見，子孫長作隔墻人？

題王侍御池亭

朱門深鎖春池滿，岸落薔薇水浸莎。
畢竟林塘誰是主，主人來少客來多？

得微之到官後書備知通州之事悵然有感因成四章（選二首）

其一

來書子細說通州，州在山根峽岸頭。

四面千重火雲合，中心一道瘴江流。

蟲蛇白晝攔官道，蚊蚋黄昏撲郡樓。

何罪遣君居此地，天高無處問來由。

火雲：夏季熾熱的雲彩。

其二

匼匝巔山萬仞餘，人家應似甑中居。

寅年籬下多逢虎，亥日沙頭始賣魚。

衣斑梅雨長須熨，米澀畬田不解鉏。

努力安心過三考，已曾愁殺李尚書。

匼匝：周圍，環繞。

白鷺

人生四十未全衰，我爲愁多白髮垂。

何故水邊雙白鷺，無愁頭上亦垂絲？

浦中夜泊

暗上江堤還獨立，水風霜氣夜稜稜。
回看深浦停舟處，蘆荻花中一點燈。

稜稜：寒冷的樣子。

舟中讀元九詩

把君詩卷燈前讀，詩盡燈殘天未明。
眼痛滅燈猶闇坐，逆風吹浪打船聲。

雨中題衰柳

濕屈青條折，寒飄黃葉多。
不知秋雨意，更遣欲如何？

歲晚旅望

朝來暮去星霜換，陰慘陽舒氣序牽。

萬物秋霜能壞色，四時冬日最凋年。壞色：非正色。
烟波半露新沙地，鳥雀群飛欲雪天。
向晚蒼蒼南北望，窮陰旅思兩無邊。

讀李杜詩集因題卷後

翰林江左日，員外劍南時。
不得高官職，仍逢苦亂離。
暮年逋客恨，浮世謫仙悲。
吟咏留千古，聲名動四夷。
文場供秀句，樂府待新詞。
天意君須會，人間要好詩。

庾樓曉望 庾樓：樓名，在江西九江。傳爲晋庾亮鎮江洲時所建。

獨憑朱檻立凌晨，山色初明水色新。
竹霧曉籠銜嶺月，蘋風暖送過江春。
子城陰處猶殘雪，衙鼓聲前未有塵。
三百年來庾樓上，曾經多少望鄉人。

晚春登大雲寺南樓贈常禪師

花盡頭新白，登樓意若何？
歲時春日少，世界苦人多。
愁醉非因酒，悲吟不是歌。
求師治此病，唯勸讀楞伽。

題元八谿居

溪嵐漠漠樹重重，水檻山窗次第逢。

晚葉尚開紅躑躅，秋芳初結白芙蓉。
聲來枕上千年鶴，影落杯中五老峰。
更愧殷勤留客意，魚鮮飯細酒香濃。

百花亭

朱檻在空虛，涼風八月初。
山形如峴首，江色似桐廬。
佛寺乘船入，人家枕水居。
高亭仍有月，今夜宿何如？

送客之湖南

年年漸見南方物，事事堪傷北客情。
山鬼趫跳唯一足，峽猿哀怨過三聲。

帆開青草湖中去，衣濕黄梅雨裏行。
別後雙魚難定寄，近來潮不到湓城。

西樓

小郡大江邊，危樓夕照前。
青蕪卑濕地，白露泬寥天。

泬（音謔）寥：空曠清朗。

鄉國此時阻，家書何處傳？
仍聞陳蔡戍，轉戰已三年。

庾樓新歲

歲時銷旅貌，風景觸鄉愁。
牢落江湖意，新年上庾樓。

大林寺桃花

人間四月芳菲盡，山寺桃花始盛開。
長恨春歸無覓處，不知轉入此中來。

重題香爐峰下新卜山居草堂東壁（其三）

日高睡足猶慵起，小閣重衾不怕寒。
遺愛寺鐘欹枕聽，香爐峰雪撥簾看。
匡廬便是逃名地，司馬仍爲送老官。
心泰身寧是歸處，故鄉何獨在長安。

問劉十九

緑螘新醅酒，紅泥小火爐。
晚來天欲雪，能飲一杯無。

醉中對紅葉

臨風杪秋樹，對酒長年人。
醉貌如霜葉，雖紅不是春。

夜送孟司功

潯陽白司馬，夜送孟功曹。
江闇管弦急，樓明燈火高。
湖波翻似箭，霜草殺如刀。
且莫開征櫂，陰風正怒號。

贈江客

江柳影寒新雨地，塞鴻聲急欲霜天。
塞鴻：塞外的鴻雁。
愁君獨向沙頭宿，水遶蘆花月滿船。

題岳陽樓

岳陽城下水漫漫，獨上危樓倚曲欄。
春岸綠時連夢澤，夕波紅處近長安。
猿攀樹立啼何苦，雁點湖飛渡亦難。
此地唯堪畫圖障，華堂張與貴人看。

入峽次巴東

不知遠郡何時到，猶喜全家此去同。
萬里王程三峽外，百年生計一舟中。
巫山暮足霑花雨，隴水春多逆浪風。
兩片紅旌數聲鼓，使君艛艓上巴東。艛艓：一種小船。

夜入瞿唐峽

瞿唐天下險，夜上信難哉。

岸似雙屏合，天如匹帛開。
逆風驚浪起，拔篸暗船來。篸（音念）：竹索。
欲識愁多少，高于灩澦堆。

初到忠州贈李六

好在天涯李使君，江頭相見日黄昏。
吏人生梗都如鹿，市井疏蕪只抵村。
一隻蘭船當驛路，百層石磴上州門。
更無平地堪行處，虚受朱輪五馬恩。

種桃杏

無論海角與天涯，大抵心安即是家。
路遠誰能念鄉曲，年深兼欲忘京華。京華：京城。

忠州且作三年計，種杏栽桃擬待花。

種荔枝

紅顆珍珠誠可愛，白鬚太守亦何癡。
十年結子知誰在，自向庭中種荔枝。

冬至夜

老去襟懷常濩落，病來鬚鬢轉蒼浪。濩落：無聊失意。
心灰不及爐中火，鬢雪多于砌下霜。
三峽南賓城最遠，一年冬至夜偏長。
今宵始覺房櫳冷，坐索寒衣托孟光。

竹枝詞四首（選二首）

其一

瞿唐峽口水烟低，白帝城頭月向西。
唱到竹枝聲咽處，寒猿闇鳥一時啼。

其三

巴東船舫上巴西，波面風生雨脚齊。
水蓼冷花紅簇簇，江蘺濕葉碧凄凄。

閨怨詞三首（選二首）

其二

珠箔籠寒月，紗窗背曉燈。
夜來巾上淚，一半是春冰。

其三

關山征戍遠，閨閣別離難。

苦戰應憔悴，寒衣不要寬。

後宮詞

淚濕羅巾夢不成，夜深前殿按歌聲。
紅顔未老恩先斷，斜倚薰籠坐到明。

妻初授邑號告身

弘農舊縣授新封，鈿軸金泥誥一通。
我轉官階常自愧，君加邑號有何功。
花箋印了排窠濕，錦褾裝來耀手紅。
倚得身名便慵墮，日高猶睡緑窗中。

舊房

遠壁秋聲蟲絡絲，入檐新影月低眉。

床帷半故簾旌斷，仍是初寒欲夜時。

久不見韓侍郎戲題四韻以寄之

近來韓閣老，疏我我心知。
户大嫌甜酒，才高笑小詩。
静吟乖月夜，閑醉曠花時。
還有愁同處，春風滿鬢絲。

勤政樓西老柳

半朽臨風樹，多情立馬人。
開元一株柳，長慶二年春。

喜張十八博士除水部員外郎

老何殁後吟聲絶，雖有郎官不愛詩。

無復篇章傳道路，空留風月在曹司。曹司：官署。
長嗟博士官猶屈，亦恐騷人道漸衰。
今日聞君除水部，喜于身得省郎時。水部：官署名。

暮江吟

一道殘陽鋪水中，半江瑟瑟半江紅。瑟瑟：碧綠色。
可憐九月初三夜，露似珍珠月似弓。

思婦眉

春風摇蕩自東來，折盡櫻桃綻盡梅。
惟餘思婦愁眉結，無限春風吹不開。

空閨怨

寒月沈沈洞房静，真珠簾外梧桐影。

秋霜欲下手先知，燈底裁縫剪刀冷。

採蓮曲

菱葉縈波荷颭風，荷花深處小船通。
逢郎欲語低頭笑，碧玉搔頭落水中。

閨婦

斜凭綉床愁不動，紅綃帶緩緑鬟低。
遼陽春盡無消息，夜合花前日又西。

夜泊旅望

少睡多愁客，中宵起望鄉。
沙明連浦月，帆白滿船霜。
近海江彌闊，迎秋夜更長。

烟波三十宿，猶未到錢唐。

舟中晚起

日高猶掩水窗眠，枕簟清涼八月天。

泊處或依沽酒店，宿時多伴釣魚船。

退身江海應無用，憂國朝廷自有賢。

且向錢唐湖上去，冷吟閑醉二三年。

簟（音殿）：竹席。

夜歸

半醉閑行湖岸東，馬鞭敲鐙轡瓏璁。

萬株松樹青山上，十里沙堤明月中。

樓角漸移當路影，潮頭欲過滿江風。

歸來未放笙歌散，畫戟門開蠟燭紅。

錢唐湖春行

孤山寺北賈亭西，水面初平雲脚低。
幾處早鶯争暖樹，誰家新燕啄春泥。
亂花漸欲迷人眼，淺草才能没馬蹄。
最愛湖東行不足，緑楊陰裏白沙堤。

亂花：各種顔色的野花。
行不足：形容百游不厭。

西湖晚歸回望孤山寺贈諸客

柳湖松島蓮花寺，晚動歸橈出道場。
盧橘子低山雨重，棕櫚葉戰水風凉。
烟波澹蕩摇空碧，樓殿參差倚夕陽。
到岸請君回首望，蓬萊宮在海中央。

東樓南望八韵

不厭東南望，江樓對海門。
風濤生有信，天水合無痕。
鷁帶雲帆動，鷗和雪浪翻。
魚鹽聚為市，煙火起成村。
日脚金波碎，峰頭鈿點繁。
送秋千里雁，報暝一聲猿。
已豁煩襟悶，仍開病眼昏。
郡中登眺處，無勝此東軒。

杭州春望

望海樓明照曙霞，護江堤白蹋晴沙。
濤聲夜入伍員廟，柳色春藏蘇小家。蘇小：南齊名妓蘇小小。

紅袖織綾誇柿蔕，青旗沽酒趁梨花。
誰開湖寺西南路？草綠裙腰一道斜。

江樓夕望招客

海天東望夕茫茫，山勢川形闊復長。
燈火萬家城四畔，星河一道水中央。
風吹古木晴天雨，月照平沙夏夜霜。
能就江樓銷暑否，比君茅舍較清涼。

霓裳羽衣歌

我昔元和侍憲皇，曾陪内宴宴昭陽。
千歌百舞不可數，就中最愛霓裳舞。
舞時寒食春風天，玉鈎欄下香案前。

案前舞者顔如玉，不著人家俗衣服。
虹裳霞帔步摇冠，鈿瓔纍纍佩珊珊。
娉婷似不任羅綺，顧聽樂懸行復止。
磬簫箏笛遞相攙，擊擫彈吹聲邐迤。
散序六奏未動衣，陽臺宿雲慵不飛。
中序擘騞初入拍，秋竹竿裂春冰拆。騞：象聲詞，破裂聲。
飄然轉旋回雪輕，嫣然縱送游龍驚。
小垂手後柳無力，斜曳裾時雲欲生。
烟蛾斂略不勝態，風袖低昂如有情。
上元點鬟招萼緑，王母揮袂别飛瓊。
繁音急節十二遍，跳珠撼玉何鏗錚。

翔鸞舞了却收翅，唳鶴曲終長引聲。
當時乍見驚心目，凝視諦聽殊未足。
一落人間八九年，耳冷不曾聞此曲。
湓城但聽山魈語，巴峽唯聞杜鵑哭。

魈：傳說中的山林之怪。

移領錢唐第二年，始有心情問絲竹。
玲瓏箜篌謝好箏，陳寵觱篥沈平笙。

觱篥：古代一種管樂器。

清弦脆管纖纖手，教得霓裳一曲成。
虛白亭前湖水畔，前後祇應三度按。
便除庶子拋却來，聞道如今各星散。
今年五月至蘇州，朝鍾暮角催白頭。
貪看案牘常侵夜，不聽笙歌直到秋。

秋來無事多閑悶，忽憶霓裳無處問。
聞君部内多樂徒，問有霓裳舞者無？
答云七縣十萬户，無人知有霓裳舞。
唯寄長歌與我來，題作霓裳羽衣譜。
四幅花箋碧間紅，霓裳實録在其中。
千姿萬狀分明見，恰與昭陽舞者同。
眼前髣髴睹形質，昔日今朝想如一。
疑從魂夢呼召來，似著丹青圖寫出。
我愛霓裳君合知，發于歌咏形于詩。
君不見，我歌云，驚破霓裳羽衣曲。
又不見，我詩云，曲愛霓裳未拍時。

由來能事皆有主，楊氏創聲君造譜。
君言此舞難得人，須是傾城可憐女。
吴妖小玉飛作烟，越艷西施化爲土。
嬌花巧笑久寂寥，娃館苧蘿空處所。

娃館：宫女的館舍。

如君所言誠有是，君試從容聽我語。
若求國色始翻傳，但恐人間廢此舞。
妍媸優劣寧相遠，大都只在人擡舉。
李娟張態君莫嫌，亦擬隨宜且教取。

雙石

蒼然兩片石，厥狀怪且醜。
俗用無所堪，時人嫌不取。

結從胚渾始，得自洞庭口。
萬古遺水濱，一朝入吾手。
擔舁來郡内，洗刷去泥垢。
孔黑烟痕深，罅青苔色厚。
老蛟蟠作足，古劍插爲首。
忽疑天上落，不似人間有。
一可支吾琴，一可貯吾酒。
峭絶高數尺，坳泓容一斗。
五弦倚其左，一杯置其右。
窪樽酌未空，玉山頹已久。
人皆有所好，物各求其偶。

漸恐少年場，不容垂白叟。
迴頭問雙石，能伴老夫否。
石雖不能言，許我爲三友。

中隱

大隱住朝市，小隱入丘樊。

丘樊：山林。多指隱居之地。

丘樊太冷落，朝市太囂諠。
不如作中隱，隱在留司官。
似出復似處，非忙亦非閑。
不勞心與力，又免飢與寒。
終歲無公事，隨月有俸錢。
君若好登臨，城南有秋山。

君若愛游蕩，城東有春園。
君若欲一醉，時出赴賓筵。
洛中多君子，可以恣歡言。
君若欲高卧，但自深掩關。
亦無車馬客，造次到門前。
人生處一世，其道難兩全。
賤即苦凍餒，貴則多憂患。
唯此中隱士，致身吉且安。
窮通與豐約，正在四者間。

崔十八新池

愛君新小池，池色無人知。

見底月明夜，無波風定時。
忽看不似水，一泊稀琉璃。

玩止水

動者樂流水，靜者樂止水。
利物不如流，鑒形不如止。
淒清早霜降，淅瀝微風起。
中面紅葉開，四隅綠萍委。
廣狹八九丈，灣環有涯涘。
淺深三四尺，洞徹無表裏。
淨分鶴翹足，澄見魚掉尾。
迎眸洗眼塵，隔胸蕩心滓。

涘（音四）：水邊。

定將禪不別，明與誠相似。
清能律貪夫，淡可交君子。
豈唯空狎玩，亦取相倫擬。
欲識静者心，心源只如此。

春題湖上

湖上春來似畫圖，亂峰圍繞水平鋪。
松排山面千重翠，月點波心一顆珠。
碧毯綫頭抽早稻，青羅裙帶展新蒲。
未能抛得杭州去，一半句留是此湖。

春老

欲隨年少强游春，自覺風光不屬身。

歌舞屏風花障上，幾時曾畫白頭人？

渡淮

淮水東南闊，無風渡亦難。
孤烟生乍直，遠樹望多圓。
春浪櫂聲急，夕陽帆影殘。
清流宜映月，今夜重吟看。

登閶門閑望

閶門四望鬱蒼蒼，始覺州雄土俗强。（閶門：蘇州城西門。）
十萬夫家供課稅，五千子弟守封疆。
閶閭城碧鋪秋草，烏鵲橋紅帶夕陽。
處處樓前飄管吹，家家門外泊舟航。

雲埋虎寺山藏色，月耀娃宮水放光。

曾賞錢唐嫌茂苑，今來未敢苦誇張。

故衫

闇淡緋衫稱老身，半披半曳出朱門。

袖中吳郡新詩本，襟上杭州舊酒痕。

殘色過梅看向盡，故香因洗嗅猶存。

曾經爛熳三年著，欲棄空箱似少恩。

東城桂三首并序（選一首）

蘇之東城，古吳都城也。今爲樵牧之場。有桂一株，生乎城下，惜其不得地，因賦三絶句以唁之。

其三

遥知天上桂花孤，试問嫦娥更要無。
月宫幸有閑田地，何不中央種兩株。

宿湖中

水天向晚碧沉沉，樹影霞光重疊深。
浸月冷波千頃練，苞霜新橘萬株金。
幸無案牘何妨醉，縱有笙歌不廢吟。
十隻畫船何處宿，洞庭山脚太湖心。

泛太湖書事寄微之

烟渚雲帆處處通，飄然舟似入虚空。
玉杯淺酌巡初匝，金管徐吹曲未終。
黄夾纈林寒有葉，碧琉璃水净無風。

避旗飛鷺翩翩白，驚鼓跳魚撥刺紅。
澗雪壓多松偃蹇，巖泉滴久石玲瓏。
書爲故事留湖上，吟作新詩寄浙東。
軍府威容從道盛，江山氣色定知同。
報君一事君應羨，五宿澄波皓月中。

玲瓏：清脆的聲音。

正月三日閑行

黄鸝巷口鶯欲語，烏鵲河頭冰欲銷。
緑浪東西南北水，紅欄三百九十橋。
鴛鴦蕩漾雙雙翅，楊柳交加萬萬條。
借問春風來早晚，只從前日到今朝。

六月三日夜聞蟬

荷香清露墜，柳動好風生。
微月初三夜，新蟬第一聲。
乍聞愁北客，靜聽憶東京。
我有竹林宅，別來蟬再鳴。
不知池上月，誰撥小船行？

太湖石

烟翠三秋色，波濤萬古痕。
削成青玉片，截斷碧雲根。
風氣通巖穴，苔文護洞門。
三峰具體小，應是華山孫。

履道春居

微雨灑園林，新晴好一尋。
低風洗池面，斜日拆花心。
暝助嵐陰重，春添水色深。
不如陶省事，猶抱有弦琴。

杏園花下贈劉郎中

怪君把酒偏惆悵，曾是貞元花下人。
自別花來多少事，東風二十四回春。

華州西

每逢人静慵多歇，不計程行困即眠。
上得籃輿未能去，春風敷水店門前。

籃輿：類似轎子的工具。

春詞

低花樹映小妝樓，春入眉心兩點愁。
斜倚欄干背鸚鵡，思量何事不回頭？

宴散

小宴追涼散，平橋步月回。
笙歌歸院落，燈火下樓臺。
殘暑蟬催盡，新秋雁帶來。
將何迎睡興，臨卧舉殘杯。

人定

人定月朧明，香消枕簟清。

枕簟：泛指卧具。

翠屏遮燭影，紅袖下簾聲。
坐久吟方罷，眠初夢未成。

誰家教鸚鵡，故故語相驚。

過元家履信宅

鷄犬喪家分散後，林園失主寂寥時。
落花不語空辭樹，流水無情自入池。
風蕩醼船初破漏，雨淋歌閣欲傾攲。
前庭後院傷心事，唯是春風秋月知。

魏王堤

花寒懶發鳥慵啼，信馬閑行到日西。
何處未春先有思，柳條無力魏王堤。

晚桃花

一樹紅桃亞拂池，竹遮松蔭晚開時。

非因斜日無由見，不是閑人豈得知。

寒地生材遺校易，貧家養女嫁常遲。

春深欲落誰憐惜，白侍郎來折一枝。

阿崔

謝病卧東都，羸然一老夫。

孤單同伯道，遲暮過商瞿。

商瞿（音渠）：春秋魯國人。好學《易》。

豈料鬢成雪，方看掌弄珠。

已衰寧望有，雖晚亦勝無。

蘭入前春夢，桑懸昨日弧。

里閭多慶賀，親戚共歡娛。

膩剃新胎髮，香綳小綉襦。

玉芽開手爪，酥顆點肌膚。
弓冶將傳汝，琴書勿墜吾。
未能知壽夭，何暇慮賢愚。
乳氣初離縠，啼聲漸變雛。
何時能反哺，供養白頭烏？

弓冶：指世傳之業。

橋亭卯飲

卯時偶飲齋時卧，林下高橋橋上亭。
松影過窗眠始覺，竹風吹面醉初醒。
就荷葉上包魚鮓，當石渠中浸酒瓶。
生計悠悠身兀兀，甘從妻喚作劉伶。

履道池上作

家池動作經旬別，松竹琴魚好在無。
樹暗小巢藏巧婦，渠荒新葉長慈姑。
不因車馬時時到，豈覺林園日日蕪。
猶喜春深公事少，每來花下得踟躕。

踟躕：徘徊。

咏興五首并序（選二首）

七年四月，予罷河南府，歸履道第。廬舍自給，衣儲自充；無欲無營，或歌或舞。頹然自適，蓋河洛間一幸人也。遇興發咏，偶成五章。各以首句，命爲題目。

池上有小舟

池上有小舟，舟中有胡床。

床前有新酒，獨酌還獨嘗。
熏若春日氣，皎如秋水光。
可洗機巧心，可蕩塵垢腸。
岸曲舟行遲，一曲進一觴。
未知幾曲醉，醉入無何鄉。
寅緣潭島間，水竹深青蒼。
身閑心無事，白日爲我長。
我若未忘世，雖閑心亦忙。
世若未忘我，雖退身難藏。
我今異于是，身世交相忘。

寅緣：流連延緩。

小庭亦有月

小庭亦有月，小院亦有花。
可憐好風景，不解嫌貧家。
菱角執笙簧，谷兒抹琵琶。
紅綃信手舞，紫綃隨意歌。
村歌與社舞，客哂主人誇。

哂（音審）：微笑。

但問樂不樂，豈在鍾鼓多。
客告暮將歸，主稱日未斜。
請客稍深酌，願見朱顔酡。
客知主意厚，分數隨口加。
堂上燭未秉，座中冠已峨。
左顧短紅袖，右命小青娥。

紅袖：借指美女。青娥：指少女。

長跪謝貴客，蓬門勞見過。蓬門：比喻貧陋之室。
客散有餘興，醉卧獨吟哦。
幕天而席地，誰奈劉伶何。

代鶴

我本海上鶴，偶逢江南客。
感君一顧恩，同來洛陽陌。
洛陽寡族類，皎皎唯兩翼。
貌是天與高，色非日浴白。
主人誠可戀，其奈軒庭窄。
飲啄雜鷄群，年深損標格。
故鄉渺何處，雲水重重隔。

誰念深籠中，七換摩天翮？

小臺

新樹低如帳，小臺平似掌。
六尺白藤床，一莖青竹杖。
風飄竹皮落，苔印鶴迹上。
幽境與誰同，閑人自來往。

罷府歸舊居

陋巷乘籃入，朱門挂印迴。
腰間抛組綬，纓上拂塵埃。

組綬：古人佩玉的絲帶。

屈曲閑池沼，無非手自開。
青蒼好竹樹，亦是眼看栽。

石片擡琴匣，松枝閣酒杯。
此生終老處，昨日却歸來。

酬李二十侍郎

笋老蘭長花漸稀，衰翁相對惜芳菲。
殘鶯著雨慵休囀，落絮無風凝不飛。
行掇木芽供野食，坐牽蘿蔓挂朝衣。
十年分手今同醉，醉未如泥莫道歸。

衰荷

白露凋花花不殘，涼風吹葉葉初乾。
無人解愛蕭條境，更繞衰叢一匝看。

初冬早起寄夢得 夢得：即劉禹錫。唐詩人，字夢得。

起戴烏紗帽，行披白布裘。
爐温先暖酒，手冷未梳頭。
早景烟霜白，初寒鳥雀愁。
詩成遺誰和，還是寄蘇州。

香山寺二絶（其一）

空山寂静老夫閑，伴鳥隨雲往復還。
家醖滿瓶書滿架，半移生計入香山。

楊柳枝詞八首（選五首）

其一

六幺水調家家唱，白雪梅花處處吹。
古歌舊曲君休聽，聽取新翻楊柳枝。

其二

陶令門前四五樹，亞夫營裏百千條。
何似東都正二月，黄金枝映洛陽橋。

其三

依依裊裊復青青，勾引春風無限情。
白雪花繁空撲地，緑絲條弱不勝鶯。

其四

紅板江橋青酒旗，館娃宫暖日斜時。館娃宫：春秋時吴國宫名。
可憐雨歇東風定，萬樹千條各自垂。

其七

葉含濃露如啼眼，枝裊輕風似舞腰。

小樹不禁攀折苦，乞君留取兩三條。

池上二絶（其二）

小娃撐小艇，偷採白蓮迴。
不解藏踪迹，浮萍一道開。

九年十一月二十一日感事而作

禍福茫茫不可期，大都早退似先知。
當君白首同歸日，是我青山獨往時。
顧索素琴應不暇，憶牽黃犬定難追。
麒麟作脯龍爲醢，何似泥中曳尾龜？

從同州刺史改授太子少傅分司

承華東署三分務，履道西池七過春。

歌酒優游聊卒歲，園林瀟灑可終身。
留侯爵秩誠虛貴，疏受生涯未苦貧。
月俸百千官二品，朝廷雇我作閑人。

酬夢得窮秋夜坐即事見寄

焰細燈將盡，聲遥漏正長。
老人秋向火，小女夜縫裳。
菊悴籬經雨，萍銷水得霜。
今冬暖寒酒，先擬共君嘗。

東城晚歸

一條邛杖懸龜榼，雙角吴童控馬銜。　邛（音窮）杖：竹杖。
晚入東城誰識我，短靴低帽白蕉衫。

與夢得沽酒閑飲且約後期

少時猶不憂生計，老後誰能惜酒錢。
共把十千沽一斗，相看七十欠三年。
閑徵雅令窮經史，醉聽清吟勝管弦。
更待菊黄家醖熟，共君一醉一陶然。

達哉樂天行

達哉達哉白樂天，分司東都十三年。
七旬纔滿冠已挂，半禄未及車先懸。
或伴游客春行樂，或隨山僧夜坐禪。
二年忘却問家事，門庭多草厨少烟。
庖童朝告鹽米盡，侍婢暮訴衣裳穿。

妻孥不悦甥侄悶，而我醉卧方陶然。
起來與爾畫生計，薄産處置有後先。
先賣南坊十畝園，次賣東都五頃田。
然後兼賣所居宅，髣髴獲緡二三千。
半與爾充衣食費，半與吾供酒肉錢。
吾今已年七十一，眼昏鬚白頭風眩。
但恐此錢用不盡，即先朝露歸夜泉。
未歸且住亦不惡，飢餐樂飲安穩眠。
死生無可無不可，達哉達哉白樂天。

池上寓興二絶（其二）

水淺魚稀白鷺飢，勞心瞪目待魚時。

外容閑暇中心苦，似是而非誰得知。

池鶴八絶句并序（選四首）

池上有鶴，介然不群；烏鳶鷄鵝，次第嘲噪。諸禽似有所誚，鶴亦時復一鳴。予非冶長，不通其意，因戲與贈答，以意斟酌之，聊亦自取笑耳。

鷄贈鶴

一聲警露君能薄，五德司晨我用多。

司晨：雄鷄報曉。

不會悠悠時俗士，重君輕我意如何？

鶴答鷄

爾争伉儷泥中鬭，吾整羽儀松上栖。
不可遺他天下眼，却輕野鶴重家鷄。

烏贈鶴

與君白黑大分明，縱不相親莫見輕。
我每夜啼君怨別，玉徽琴裏忝同聲。

鶴答烏

吾愛栖雲上華表，汝多攫肉下田中。
吾音中羽汝聲角，琴曲雖同調不同。

哭劉尚書夢得二首（其一）

四海齊名白與劉，百年交分兩綢繆。
同貧同病退閑日，一死一生臨老頭。
杯酒英雄君與操，文章微婉我知丘。
賢豪雖殁精靈在，應共微之地下游。

禽蟲十二章并序

莊列寓言，風騷比興，多假蟲鳥，以爲筌蹄。故詩義始于關雎、鵲巢，道說先乎鯤、鵬、蜩、鷃之類，是也。予閑居乘輿，偶作一十二章，頗類志怪放言，每章可致一哂。一哂之外，亦有以自警其衰耄封執之惑焉。頃如此作，多與故人微之、夢得共之。微之、夢得嘗云：『此乃九奏中新聲，八珍中異味也。』有旨哉！有旨哉！今則獨吟，想二君在目，能無恨乎！

其五

阿閣鵷鸞田舍烏，妍蚩貴賤兩懸殊。

阿閣：四面有檐的閣樓。

如何閉向深籠裏，一種摧頹觸四隅。

其六

獸中刀鎗多怒吼，鳥遭羅弋盡哀鳴。
羔羊口在緣何事，闇死屠門無一聲。

其七

蟭螟殺敵蚊巢上，蠻觸交争蝸角中。蟭螟：傳説中一種極小的蟲。
應是諸天觀下界，一微塵内鬬英雄。

其八

蟰蛸網上罥蜉蝣，反覆相持死始休。蟰蛸：蟲名。
何異浮生臨老日，一彈指頃報恩讎。

白雲泉

天平山上白雲泉，雲自無心水自閑。

何必奔衝山下去，更添波浪向人間。

寄韜光禪師

一山門作兩山門，兩寺原從一寺分。
東澗水流西澗水，南山雲起北山雲。
前臺花發後臺見，上界鐘聲下界聞。
遥想吾師行道處，天香桂子落紛紛。

惜花

可憐夭艷正當時，剛被狂風一夜吹。
今日流鶯來舊處，百般言語泥空枝。